张曼娟

戒不了甜

北京出版集团公司
北京十月文艺出版社

青马(天津)文化有限公司
出　品

序
给我一个糖罐子

很年轻的时候,我其实不是个快乐的女孩,太多难以掌握的事情与未来,使我产生一种虚无的感受,在众多缥缈难测的世事中,爱情,是最镜花水月的一种。

怎么才能遇见那个爱我的人?怎么才能知道他的爱可以长久?怎么才能让他体会我对他的爱?爱情,对当时的我来说,是一生只能有一次的瑰丽奇迹。有时候我担心,等到地老天荒也不会相遇;有时候我忧虑,只是一个瞬目便擦身而过;更多时候我怀疑,像我这样的人,是不值得被珍爱的。

年轻时候的爱悦,总是似有若无的。却也曾留下过一些永恒的片断,像是在初夏荷花池畔的夜晚,那个高大的男孩送给我一张手作卡片,他粗大的手指细心将碎草花一层层粘在皱纹纸上,成为一种繁华的意象。在草花之间有他斜斜的字体,重拙地写成一首小短诗,大意是无法与我共度七夕情人节,有点

惆怅。那年暑假我和家人规划了长途旅行,因此,将近两个月是无法见面的。

他安静地等我阅读完卡片上的字,低垂下头,将脸埋在臂弯之间,这孩子气的举动,瞬间令我心动,于是我说:

"今天就是我们的七夕。你在这里,我也在这里,就是情人节。"

他震动了一下,接着打开背包,掏出一个看不见的东西,旋转几下,做出一个放东西的动作,而后,转头看着我微笑。我用力拍打他:"你干吗啦?"一边笑起来,他常能说出一些稀奇古怪的话,做出一些意想不到的事,逗我发笑。他总能让我笑,这是很神奇的。

"你没看见吗?"他问。

我摇头。

"我把你的甜言蜜语放进糖罐子里呀。"他说。

"啊。"我恍然大悟地,看着他的"糖罐子","装满了吗?"

"当然没有。每一颗都很珍贵的,都要等很久很久。"

那时的我对爱情既喜悦又惊惧,观望着、迟疑着,常常逃避着,因此,我的言语保持疏离,我的态度显得淡漠。

"这糖罐子做什么用呢?"我问他,像是与自己毫不相关的。

"见不到你的时候,或是你对我说无情的话,我就把糖罐子打开来,拿一颗出来吃。"

在感觉爱情虚无的年代，我常常说出许多毁弃的话，丝毫不带情感地。那样的决绝，只是因为恐惧。

荷塘的月色如何？我已经不记得了，但我记得了糖罐子里的甜蜜。记得那时候浑身棱角，看起来却仿佛温柔和善的自己。那么不好爱，却还有人愿意爱。

而后我有了年纪，有了爱的勇气，也爱过不好爱的人，才发觉自己原来有这么丰沛的爱，可以这样爱人。

我可以爱，可以不爱，可以长久地爱，也可以爱得短暂而美好。爱没有必然达到的目的与结果，也就没有所谓的成功与失败。得到爱，使生命丰盈；失去爱，使灵魂深刻，都是我们来到人世一遭的可贵经历。

爱情，对我来说，不再是镜花水月了。因为我知道自己可以掌握，相爱的时候，让它更甜蜜一些，把糖罐子装得满一点。

生活本身已经有许多烦扰、焦苦、失望、痛楚，恋爱的时候，为什么不能甜蜜一点？

有了这样的体悟，不仅是对情人，便是身边的亲人与朋友，我也愿意成为他们生活调味里的那一丝甜。因为情人是"有时"，朋友却是"时时"呀。我关心朋友的心情与生活，当他们低落的时候，适时送上甜言蜜语或实际行动，使他们愉快，我也得到喜悦。像一种循环似的，我的朋友也以他们自己的方式给予我甜蜜的滋味。于是，久而久之，我成为一个嗜甜者，再也戒不了了。

其实，是我不想戒除。戒不了爱，戒不了甜。

对于生活与未来，虽然不是自己曾经想象过的样子，却愈来愈有信心，知道自己不会堕落，不会绝望，不会熄灭照亮自己和别人的那一点亮光。

二〇一二，是先知所称的末日之至。我做了一个关于末日的梦，梦中有个年轻的孩子，白日里我们论辩过爱情的必要与勇气种种，她对爱情的裹足不前正像是我的年少。而梦中我们在一间类似圣堂的屋子里，天窗突然黯下来，屋外传来隆隆的震动之声，那孩子跑出去张望，然后奔回我身边，忧伤而惊惶地对我说："天，已经老了。"这是多么奇特的一句话，我却完全明白了，握住她冰凉的手，对她说："但，你还是要爱。"

哪怕是末日降临，还是要爱。

爱的记忆与甜蜜，足以抵御世间的诡谲险恶和艰辛，既然我是这样相信着，便在二〇一二年出版一本书，用这些小故事，记录我所以为的爱情的样貌。

打开你的糖罐子，放进去或是取出来，总是戒不了，戒不了甜。

二〇一二年八月
九龙维多利亚港边

❹ 自信与自卑

女生主动，男生结冻　52

婚活不如人活　54

温泉池边的呢喃　56

如果觉得自己不配　58

梦露的七天情人　62

❺ 安全感

恰巧擦身而过　66

昨日魅影　69

换男人不如换脑袋　73

等你，在 iPhone 中　76

牵住她阿嬷　78

❻ 浪漫而持久

来自情人的圣诞卡　82

定时定量的喂养　84

山樱花的后半生　86

姊姊妹妹的骗局　88

我站在这里就好　90

热被窝，冷脚丫　94

时间与时机　97

绝对专一的自制　100

镜头中永恒的笑颜　102

目录

1 倚赖与独立

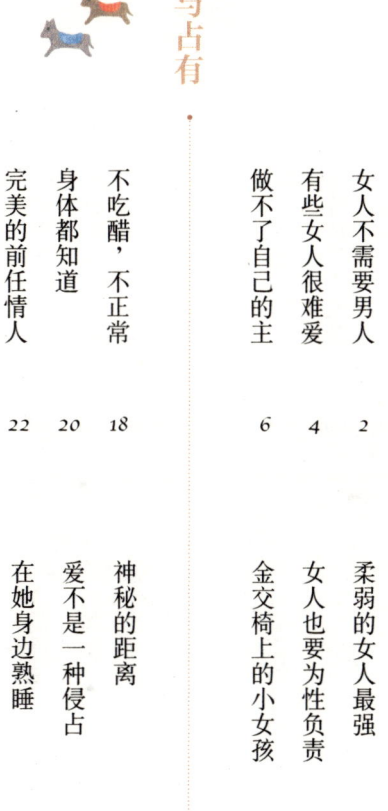

- 女人不需要男人 2
- 有些女人很难爱 4
- 做不了自己的主 6
- 柔弱的女人最强 10
- 女人也要为性负责 12
- 金交椅上的小女孩 14

2 空间与占有

- 不吃醋，不正常 18
- 身体都知道 20
- 完美的前任情人 22
- 神秘的距离 26
- 爱不是一种侵占 28
- 在她身边熟睡 30

3 包容与理解

- 破镜的整修 34
- 泪人儿与爆米花 36
- 鞋子的爱情学 38
- 其实与我无关 42
- 马桶起落架 44
- 一个亲吻，一截天梯 46

⑩ 自立与自强

- 爱上你无关幸福　158
- 前妻懒得复仇　160
- 不吃瓜的女人　162
- 可以争气，不必负气　164
- 爱能防堕　166
- 鱼汤挽不回的爱　170

⑪ 成熟的品格

- 九岁小孩都知道　178
- 预知情事的女人　176
- 张罗午餐的权力　174
- 她身上的指痕　182
- 旅行箱的旅行　184
- 男人的品格　186

⑫ 慷慨的付出

- 傻女人是个宝　190
- 维持现状，就好　194
- 有爱活得久　197
- 不可原谅的外遇　200
- 好笑于是可爱　202

7 耐心与体贴

- 她睡着的样子好美 106
- 暂时消失就好 108
- 捷运上的絮语 110
- 女人难爱才可爱 114
- 食玩女人 116
- 我今天收到花了 118

8 信任与猜疑

- 愈亲密愈多谎言 122
- 枕边嫌疑人 124
- 迷途知返，然后呢？ 126
- 因为只能相信他 130
- 公用电话的秘密 133
- 走出阴影再恋爱 138

9 尊重与理解

- 我也愿意生小孩 142
- 真爱不做爱 144
- 最爱魅影 146
- 身体是感应器 150
- 因为他总记得 152
- 热血与柔情 154

倚赖与独立

【爱的道德经】

爱人者有力,自爱者强。
一个爱自己的人,才能在爱恋时不患得患失,
不索求过度,使爱的步伐平稳自在。
先爱自己,再爱别人,是道德的。

女人不需要男人

女人不需要男人?

这句话的标点符号是问号,而不是惊叹号或句点。因为它不是一个发现,也不是一个结论,而是一个悬而未决。什么样的女人不需要男人或爱情?或者什么状况之下,女人不需要男人或爱情?

我看了一部动人的电影《街头日记》(Freedom Writers),原著《自由写手》是已经读过的了,一位年轻的白人女教师,教导一班没人愿意教的高中孩子,他们原本都是街头亡命,自我放逐,却在这位古老师的努力与坚持下,改写了他们的命运。

而我特别注意古老师与丈夫之间的关系和变化,她的丈夫最初对她全力支持,在她的父亲质疑她这样做是否值得的时候,也坚定地站在她身边。只是,当她为孩子们兼差赚钱换取旅费,带着孩子们去高级的餐厅吃大餐,当她回家的时间愈来愈晚,回家之后愈来愈疲惫,她的婚姻已经亮起红灯。

古老师不可能毫无警觉，她只是停不下来了。

看着自己企图改变的孩子，愈来愈进步，愈来愈主动，对于未来愈来愈充满信心，怎么停得下来呢？很多事都有意义，而我认为"改变别人的生活，使他们能活得更美好，更有力量"这件事的意义格外重大。

丈夫决定离开，他对古老师说："我知道你做的事很棒，我觉得你很了不起。但是，你需要我为你做什么呢？"古老师含着泪请求："在我身边支持我，像妻子支持丈夫那样。"她的丈夫诚实回答："我不是你的妻子。"

无以计数的女人在丈夫为他人牺牲奉献时，全力支持丈夫；男人却很难全力支持妻子。

女人并非不需要男人，而是男人感觉不到她的需要。

当然，确实也有女人在发现生命可以更丰富刺激之后，不再需求爱情与男人了，那是女人进化史的另一个篇章。

有些女人很难爱

杜群是我少数的男性朋友之一,他曾与我的朋友梅丽相恋,梅丽是个很优秀的女人,在工作上总是发挥得淋漓尽致,也因此,在感情上就不免多是以遗憾收场。

他们可以相恋五年,后两年甚至过着半同居的生活,我们都觉得很难得。

"杜群从不把我当作小女孩,他当我是个成熟女人。"梅丽这样说过。她身高不到一五〇公分,长着一张甜美的娃娃脸,许多人都会将她的心智年龄低估了,尤其是男人。然而,梅丽后来选择了到加拿大拓展她的事业,与杜群协议分手。杜群消沉了一阵子,我偶尔与他联络,于是,我们就成了"不拘形式"的朋友。想见面而能安排出时间,便很随性地吃个饭,有时久久不见也没有牵挂。

《欲望都市》电影版近来在电视频道播映,杜群无意间看到了。他说电影中的一个片段,给他很大震撼,萨曼珊与年轻的明星男友史密斯共度许多艰难考验,终于甜蜜厮守;史密斯一直迷恋着年龄大许多的萨曼珊,他们的生活豪奢,性生活协调美满,看来是近于完美的了。五十岁的萨曼珊却提出分手,因为她不能忍受生活只围着一个男人打转,她要求完整的自我。

杜群提醒我注意萨曼珊去拍卖场标那只美丽的花戒指,她费力地抢标却被神秘买家标走,原来神秘买家是史密斯,他将戒指奉上,要给萨曼珊惊喜。然而萨曼珊并不喜悦,她想要自己买下,那是属于她的东西。

"当女人喜欢某样东西,我们怎么知道,她是想自己买?或是暗示男人买给她呢?"以前女人没有独立自主的能力,男人送礼表达爱意或谢意,都能获得女人的感激。现代女性有能力也企图创造自己的生活方式,男人确实很难揣摩。

"这些女人真的很难爱。"杜群最后下了这样的结论。

做不了自己的主

我的学妹范姜是个美丽的女人,在学校的时候,常有男生追求。但,她的真命天子似乎并没有出现,我们总是看见她几次约会之后,黯然神伤的样子。

那时候我觉得很疑惑,她的个性很好,大家一起做什么事,她从没意见,只是默默把自己该做的事做好。如果一定要挑剔的话,顶多就是时间观念有点缺乏,迟到,是常发生的事,而她总是气喘吁吁地赶来,一脸愧疚地跟大家赔不是。

有段时间,她和篮球校队的神射手热恋了,篮球场边常见到她陪伴着男友练球的身影,连课也渐渐不去上了。其他的活动更是不见出席,每次有事找她,她总是为难地说:"我不知道耶,我要再看看……"看什么呢?她的学姊有些恼怒:"每次都说再看看,再看看,是看天气还是看运气啊?"范姜的室友说:"是要看她的神射手放不放她走啊!她的生活全部都由情人安排,自己是做不了主的。"

这样的内幕令我相当惊讶,于是,过去发生的事都串联在一起了,她并不是没有时间观念,而是做不了自己的主。她的时间、意愿、生活内容,都由爱情做主,交给情人支配。

然而,讨好了情人却得罪了其他队友,那些男生受不了范姜的如影随形,认为范姜拖累了神射手,使他不能专心练球,使他和哥儿们疏远了,于是,在庞大的压力下,男友向范姜提出了分手。那一次,范姜摔得很重,也得到了很好的教训,她明白,在生活中若做不了主,在感情里也只能任人发落。

哪怕很爱一个人,也要保留住自己做主的权利,因为,没有人会长久地爱恋着一个不能为自己做主的人,那样的人缺乏个性,是随时可以被取代的。

一边相爱着,一边庆幸着,
一边永不餍足地爱下去。

柔弱的女人最强

新书出版后，我收到一位读者的来信，她提到我在书中的一篇文章《一棵树也要坚强》："一棵树也能对无情的大自然展现它的意志力；一棵树也得要坚强。我并不是瞧不起软弱的人，我只是想跟狂风暴雨中的果树学习。不要轻易放弃自己。"

这位读者写道："一个坚强的女人并不会过得比较好，相反地，因为看起来坚强，反而在紧要关头被放弃了。就像我的男友，只因为我比较坚强，可以承受痛苦，而重回前女友身边。他说，前女友是个柔弱的女人，需要保护，无法失去他。就像你说的，我不会轻易放弃自己，却被人家放弃了。"我反复读着信，心里酸酸的，不知道该说什么才好。

也许，一直以来，我都是错的。

自以为在爱情中应该还能保持着一种优雅的距离；应该还能拥有独立的人格，不该像菟丝花那样缠着男人，不应该用失序的无助、软弱，纠缠着已经离去的情人。

听过太多故事，比较理性节制的女人，在爱情竞争中败下阵来，往往只是因为男人觉得她的爱不够强大。因为她还没完全给出自己，还保有自己的灵魂，并没有因为爱情的陷落而沉沦。

但我心里那么清楚地明白，一场爱恋是否强大，并不是由分手之后的悲惨状况来决定的。而是相爱之中的付出、期待、给予，是两个灵魂相遇激撞后，抵达到一种前所未有的境地。是一边相爱着，一边庆幸着，一边永不餍足地爱下去。

可惜，许多人并不是这样衡量爱情的，他们必定要等到失去爱情后，才明白它的重要性，于是，欲死欲生，魂销骨蚀，把自己弄得枯槁憔悴，反而胜出，因为失恋的痛苦有目共睹，像是一种见证。

这是很吊诡的，却成为巨大的迷思，恐怕只有真正坚强的人才能看得清。

女人也要为性负责

某一足球明星与女明星结婚产子之后，曾经与他偷情的第三者忽然出来爆料，说自己为足球明星生下过一个儿子，小孩都已经三岁了，要求孩子的父亲出来负责任。

一个杂志记者从北京打电话来问我，这种事到底该由男人还是女人负责？我们也谈到了女人生育权的问题，以前女人的生育权是掌握在别人手里的，只沦为一个"生产工具"，如今时代早已不同，女人甚至在婚姻制度以外生育小孩。当避孕技术愈来愈高明，她们其实拥有绝对的自主权。所以，当我听见女人哭诉"一不小心就有了，不忍心拿掉所以生下来，我觉得孩子的爸爸应该出面来负责"这一类的话，我发现自己的同情愈来愈稀薄。

先是不小心，然后是不忍心，倒楣的却是孩子与男人。

现在有许多女人都能勇敢地为自己的爱情负责，明明是爱了不该爱的人，还抬头挺胸地说："我愿意为自己的爱情负责任。"可是，女人却在性这件事上，全无担当，仍然抱持着自己总是性的受害者的心态。

其实，对成年男女来说，性的发生是双方激情和愉悦的享受，女人不再只是被动地受压迫，既然做爱也是一件快乐的事，就该负担后果。为什么一旦怀孕了，马上回归成十八世纪的女人？手足无措，哭哭啼啼地要男人负责？

其实很多男女在事前已经约法三章，只是偷欢，或者女人心知肚明，这男人无意娶她回家，却还是怀孕了，孕育一个生命直到产下小孩。"只是想留一个纪念品。"有的女人这样说，这纪念品却要吃、要闹还要教育，是很多女人没准备好承受的。无法承受就丢给男人，对这个孩子公平吗？

在生育权上，女人的权力当然是超越男性许多的，女性也已经认知到自己这种权力，运用这样的权力，去自我完成。我支持女性在仔细评估各种条件之后，未婚生养一个小孩，如果她有能力，绝对可以教养出一个杰出的孩子。但我实在不赞成女人以性的受害者姿态，用孩子向男人勒索，这不但贬低了自己，也作贱了孩子。

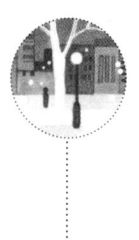

金交椅上的小女孩

台湾有句俗谚"娶某大姐,坐金交椅",似乎是娶到了比自己年长的妻子,就注定可以过着享福的生活。

年纪较大的妻子,会认命地扮演好母亲或是姊姊的角色,将丈夫的生活照顾得无微不至。这些都是老一辈的想法和认知,现今有许多男人选择比自己年长的妻子,却无法享有金交椅的"优惠"。

嘉琪的小叔三十五岁,娶了四十一岁的妻子,疼爱有加。过节时全家族聚在一起,说好一个媳妇提供两个菜色,嘉琪和嫂嫂在厨房里挥汗如雨,小叔的妻子和家中的小少女们坐在一起,叽叽咕咕分享唇蜜和美甲经验,反而是小叔挤进厨房将买来的菜热好上桌。

"真的是同人不同命耶,我们小叔疼老婆疼得喔,人家老婆就是看起来年轻,好像刚满三十。我明明比她小两岁,看起来比她老十岁。"嘉琪抱怨,她说小叔的妻子是个中级主管,和小叔在一起的时候，却像个小女孩。尤其是笑起来的样子，眼尾看得见皱纹，却还是像个小孩子。

"感觉很'轻盈'，是吧？"我问。"对呀，没错。就是这种感觉。是不是因为她没生过孩子？"

我笑着摇摇头，真心以为这和有没有生过孩子无关，却与性格特质有关。

有些女人不管年龄多大，内心永远住着个小女孩，纯真、快活、梦幻、甜蜜，或许还有小小任性。在工作与生活中不见得显露出来，却在自己爱恋或信任的人面前，释放了那个小女孩，于是，相处之中便充满惊喜、愉悦，令人感觉放松与留恋。

窥见过这成熟女人内在的小女孩，便很难忘怀，于是，爱着她的人甘愿为她做得更多，设想得更周到，让她更幸福。对男人来说，"娶某大姐，坐金交椅"，以逸待劳的时代已经过去了，坐在金交椅上的，其实是无人可以抗拒的小女孩。

空间与占有

【爱的道德经】

若有一个人说爱你,并不代表他可以对你多方挑剔,让你进退失据。

一个人如果真的爱着你,会希望你快乐、自尊、喜爱自己。

在爱中受委屈,不值得。令别人受委屈,不道德。

不吃醋,不正常

还没到情人节,我的朋友蜜儿就和她的年轻情人阿伟闹别扭了,令蜜儿有些沮丧,这本来应该是他们共度的第一个情人节。

她和阿伟是在一次旅行中邂逅的,她和几个朋友去西班牙自助旅行,阿伟是背包族,却恰巧在逛跳蚤市场的时候遇见了,又在逛博物馆的时候遇见了,第三次是搭夜车时遇见。"咦,你在跟踪我啊?"蜜儿跟他开玩笑,想不到他的脸一下子就红了:"我想请你喝咖啡。"

"我请你喝杯红酒吧?你满十八岁了吗?"蜜儿戏谑地问他。

他们差了七岁,蜜儿觉得是刚刚好的年龄,三十五岁的女人,爱恋着二十八岁的男人,他们可以整夜不睡觉,再骑着机车去海边迎接第一道曙光;他们可以一起登山,进入深深的丛林相拥而眠。阿伟对于爱情的生涩,蜜儿对于爱情的娴熟,都为他们的爱恋加分。

那天晚上,他们约了在西门町见面,蜜儿看见对街的阿伟,穿着牛仔裤、粗线毛衣,线条分明的脸孔,真是个好看的男人。

当她这么想的时候,有个女人带着妩媚的笑意,上前与阿伟搭讪了,阿伟显然还搞不清楚状况,直到看见蜜儿,才像看见救星一样地脱身跑过街来找她。"那个女人在钓你喔?"蜜儿挽着他的手臂,笑得很开心。

"你都看见了?那你为什么还不过来找我?"阿伟盯着蜜儿看,"你看见别的女人来找我,你不生气吗?"蜜儿摇头。"你也不紧张?"蜜儿还是摇头。

阿伟挣开她的手,他的脸色很难看:"那么,我想你根本就不在乎,你也许从没认真看待我们的关系。"

"你不吃醋,这太不正常了。"听完这段爱的小插曲,我帮蜜儿下了结论。

"如果你的情人,这么受欢迎,你不会觉得荣幸吗?"蜜儿努力分辩。

只是她忘了,表达爱情的方式很多,"独占"是最专制的一种,却也是最明确的主权宣示。对爱情有把握的人,自然是气定神闲的;对爱情犹有疑虑的人,则需要更强烈的表态,拈酸吃醋,恰好就是一种明确的表态。

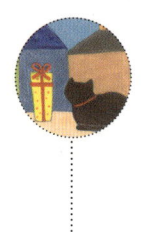

身体都知道

我有一段时间没听见阿姿抱怨她的脚疼了,约莫就是她和男友分手之后,她重新穿回自己最习惯的便鞋,蹦蹦跳跳,有一次,我在车上看见她轻快地跑过街,真是美丽的姿态。我还记得阿姿是怎么伤了脚的,我把它称为一种情感伤害。阿姿够高,不穿高跟鞋,恋爱之后,男朋友觉得不穿高跟鞋的女人算不得真正的女人,她才开始穿高跟鞋的。男朋友对阿姿的要求很多而且很严格,阿姿的很多生活作息在他看来都"要不得",必须彻底洗心革面。阿姿说男友不是对她严格,对自己的要求也很严谨,为了爱,她只得努力配合。

他们有一次约了吃晚饭,停好车才发现餐厅关门,男友不肯随便解决晚餐,便和阿姿在雨中走了半个多小时,去找到一家合意的餐厅。阿姿为了讨好男友,特地穿了五公分的细跟高跟鞋,踩过一个个水洼,时时踮起脚尖,她一直想放弃,也想跟男友说随便吃一吃就好了,可是,看见男友拧着眉一脸寒霜,她不敢开口。就这样，她伤了足腱，一穿高跟鞋就要抽筋，痛到站都站不起来。

接着，她和男友都觉得欲振乏力，平和地分手了。阿姿的脚渐渐不痛了，渐渐调回自己的生活作息，渐渐变回那个爱笑爱闹的快乐女人，虽然，有的时候难免寂寞，却不再觉得自己一无是处。

前两天，前男友从国外回来，约她碰面，为了给男人留下一个不错的印象，她把唯一留下的一双高跟鞋穿上，去赴友好之约。

男人依然是挑剔的，难以取悦的，觉得很多人的品味都很差，阿姿心如止水地喝着咖啡，发现自己可以置身事外，是一种珍贵的幸福。

就在那一天，她结束约会一走出餐厅，忽然脚痛起来，从脚底蔓延到腿部，她对自己说，结束了，一切都过去了。慢慢地，疼痛舒缓，她索性脱下鞋赤着脚回家，再也没有什么好担心的。

完美的前任情人

雅筑从北海道自助旅行回来，去机场接她的，是她的前任情人阿易。事实上，这次旅行的路线也都是阿易为她规划的，在网路上搜寻许多好吃好玩的资讯、交通动线、不可错过的景点等等。

我们因此以为雅筑会与阿易复合了，毕竟是已经相处三年的恋人，新不如故啊。雅筑却卯足全力撇清，她说她绝不可能再与阿易复合。"你们知道吗？我终于找到阿易的好处了，他是一个完美的前任情人！"完美的前任情人，为什么不能成为现任呢？雅筑觉得阿易对女朋友的要求是很高的，既要求独立自主，又希望能小鸟依人，他喜欢随传随到的女友，又担心被紧紧黏着的感觉。

雅筑说他们谈恋爱的时候，常常吵架，连出国旅行也不例外。雅筑在异国城市中免不了逛逛街，虽然不要阿易作陪，他也会不开心。"两个人出来旅行，就该一起行动的。"话虽如此，陪着逛街却臭着一张脸，两人常常还没回到饭店，已经在路上吵起来。

紧绷导致疲惫，雅筑和阿易交往三年之后，和平分手。他们并没有在MSN上删除或封锁彼此，有时还能聊两句。哪部电影真不错，哪家餐厅的意大利面很弹牙，就像是多年老友那样的。

雅筑介绍了自己的牙医给阿易，做完根管治疗相当满意，于是，听说了雅筑要去北海道自助旅行，阿易自动搜集不少资料给她，让她玩得很顺利，也很开心。"他连购物中心的资料都帮我找到了。"以前看见雅筑逛街就翻脸的阿易，终于成为一个贴心的前任情人。

不用朝夕相处，不必彼此从属，只是一种友好关系，可以付出也可以不付出，最好的一面反而呈现出来了。

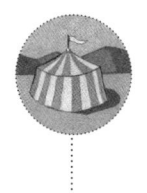

神秘的距离

"解决两性关系的种种问题,'距离'是最好的特效药。"我的心理医生朋友很认真地对我说,"只要保持适当的距离,许多疑难杂症就迎刃而解了。"

"如果还解决不了,就分手,保持不相见,不相干的距离。"我心领神会地笑着说。

我确实知道在爱情关系中,距离是多么重要的条件。我谈过最美好的恋情是远距离恋爱,在见不着面的那些日子里,揣摩想象着对方的生活,想着他穿越街道,搭乘电梯,在超市里推车。想象他倚在高高的窗前眺望着海,想象他在灯下安静地阅读,想象他经过街边的花铺缓慢下来的脚步,想象着他的缓慢是因为对我的思念。爱情就这样一点点地加温。

当距离拉近,真的共同相处,才发现对方原来是这样的一个人,与想象有很大的差距。有时不免要想,我是真的与一个男人爱过一场?或只是与自己虚构的理想情人相爱?对方或许也有这样的疑惑呢。

距离才能产生美，发生思念与一切浪漫的感受。然而，人类的天性却是在爱中渴望更靠近，紧紧贴合，完全占有，没有距离，没有秘密。于是，新鲜感失去了，一切都变得平淡，不再提心吊胆，也少了怦然心动。

我的朋友雀喜儿和丈夫闹得有点僵，便飞到美国去探望父母亲，才离开一个星期，就传来雀喜儿昏迷住院的消息。丈夫又惊又急，偏偏因为签证问题无法赴美，在雀喜儿治疗的一个多月，丈夫想到的全是他们共同生活的美好时光，他埋怨自己没能体谅妻子，没多关心妻子，想到可能失去妻子便痛不欲生。

当雀喜儿恢复健康回到台北，丈夫如获至宝，因为这神秘的"距离"特效药，使他们的感情加温又甜蜜。

爱不是一种侵占

和几个不算太熟的朋友在机场相遇,因为风雪阻碍了飞行,便有了患难与共的真情,留下联络方式,回到台北后,约着聚了一次。三十岁的安妮算是最年轻的一位,对我有最深的好奇。聚餐时,她忍不住问了一个问题:"你觉得你还会再与人恋爱吗?那会是什么样的人?"我说,我其实一直在寻找的,便是一个"有自己的心灵世界的人"。

安妮问:"意思是,有自己的兴趣、爱好吗?"

"应该是说,有自己心灵世界的人,有时候不会那么在乎我,反而会让我觉得很自在。"我试着说明,却总觉得没能完整表达。

一直在旁边没说话的大纪突然点头,对我说:"我明白。"他转头对安妮说:"我们很习惯以爱为名,要求掌握爱人的每一个生活细节与全部世界,如果不能如愿,就会觉得没有安全感,把自己和对方都弄得很痛苦。"安妮有点为难地说:"可是,爱一个人不就是爱他的全部吗?"大纪笑起来,过了片刻才问安妮:"如果他的全部中,有一部分是渴望保有隐私,你也能'爱'吗?"

安妮挺直脊背,看着我又看大纪,她说:"坦诚地爱一个人,干吗还要有隐私?"我知道年轻的爱总是大无畏的,听见这样的宣言却令我怃然而惊。

大纪后来与我一起走到捷运站,他说前妻对他的世界全面掌控,不许他拥有她不熟的朋友,不接受他赴未邀请她的饭局,她常挂在嘴上的名言是:"夫妻是一体的。""而我真正的感觉是,我的世界被侵占了。"大纪疲惫地说。愈是被严密监控,就愈想逃出去透透气,他们最终只得仳离。

哪怕再爱一个人,也要保留彼此的隐私,才能长保爱情。我想,安妮得再经历多一些情感或年岁,才能明白:爱,**就是爱**,**并不是侵占。**

在她身边熟睡

阿德离婚之后,有一段时间我真的不想跟他见面。因为他当年与美茹的恋爱谈得轰轰烈烈,朋友们有许多期待。他们后来顺利结婚,一起创业,直到事业成功,开了不少工厂,美茹手上的戒指愈戴愈大,人却愈来愈消瘦。

当我们听闻消息,美茹的癌症已经进入第三期了,那段时间,阿德全心陪着美茹治疗,陪她寻找各种民俗疗法,尝试生机饮食,做了一切可能与不可能的事,前后三年多,竟然奇迹似的令美茹恢复了健康。

一年多之后,阿德提出离婚的请求,将一半家产分给美茹,没有太多挣扎地,美茹也就签了字。"经济不景气,他的工厂和生意还能维持多久,没人知道。有钱拿就先拿着再说。"

"你们的感情呢?将近二十年的感情,难道一点也不重要?"我问美茹,而她只是笑笑:"你没结婚,是无法明白,关于婚姻这件事的。"这种结论往往堵住我的嘴,使我半句话也吐不出来，虽然心里是不服气的。

近来偶然的机会见到阿德，和他的女友 Lily，这并不是一个比美茹年轻或美丽的女人，因为不重装扮，使她看起来略显平凡。阿德说他是在一个治疗团体认识 Lily 的，Lily 失婚，也不想再婚，他们目前就这样做个伴，未来的事，谁也不想谈，反而有一种久久长长的感觉。

"为什么是她呢？"我问。"因为在她身边，我可以好好熟睡，你知道，前几年我都睡得很不好。"阿德告诉我，生意做大之后，美茹娘家的人纷纷介入，给他带来很大困扰，为了这些事，美茹生病之前他们已经濒临仳离了。

认识 Lily 之后，阿德才发现，可以在一个女人身边熟睡，真是莫大的幸福。我想，这确实是我不了解的，关于婚姻这件事。

包容与理解

【爱的道德经】

有些人恋爱时,总是要求:『你应该这样爱我。』『你不该那样做。』却忘记了相爱是两个人的事,你想过对方的期望与要求吗?把『我』变成『我们』,思索着『我们该如何相爱?』才是真正的恋爱。否则就只是自恋而已。

泪人儿与爆米花

我的朋友小鸳和男友已经拍拖了五年，两个人立下志愿，存足了头期款就买房子，结婚，生孩子。根据小鸳的说法，立下这样的志愿之后，两个人的关系更像合伙人而不是情侣了。有了这样的目标，其他的事都可以也应该"简约"了，像是过生日啦，相爱纪念日啦，以及情人节。

小鸳生日那天，好不容易说服男友一起去看爱情片，增添一些甜蜜感觉。男友说爱情片多半不感人，内容陈腔滥调，缺乏创意，还不如回家打电动。小鸳差不多要翻脸，男友才舍命陪君子地买了电影票。入场前他坚持要买爆米花，小鸳明白，他必须靠爆米花度过这将近两小时的无聊时光，只是，男友想吃咸味爆米花，小鸳却爱上新口味的焦糖爆米花，妥协的结果，半盒咸味，半盒焦糖。焦糖在下半部，根本捞不出来，小鸳只好沉住气，等男友吃剩了再吃。

电影拍得果然没什么新意，很多桥段都是老套，但是，女主角选得太好了，完全称不上美女，看着女主角的龅牙，小鸳好庆幸自己已经矫正好门牙了。正因为女主角不够美，男主角却还这样爱她，这才是真正的爱情啊。因此，男主角英年早逝，丢下女主角一个人孤孤单单，无限哀伤，小鸳就忍不住地落泪了。她的眼尾余光瞄见男友不断咀嚼爆米花，双颊鼓起像只花栗鼠，他等会儿显然又要抱怨陈腔滥调了。

　　随着剧情的起伏，小鸳的泪水愈来愈汹涌，并且她也听见了前排后座，吸鼻子与抽面纸的声音，同时，她看见男友的手伸向脸部，他也觉得感动了？他也落泪了？

　　小鸳满怀情感地转头，看见的是，男友缓缓地把焦糖爆米花送进嘴里，卡啦卡啦。散场之后，男友只是说："焦糖爆米花不错吃耶，听你的准没错。"小鸳的失落感很快被拂平，他们俩的品味本来就不同，但能相互包容也就没什么好挑剔的了，泪人儿与爆米花于是手牵手，继续向他们的目标前进了。

破镜的整修

美美和丈夫是在留学的时候认识的,他们是那种一相识就已经彼此认定的伴侣,因为他们宣称两人世界容不下第三者,所以都不要小孩,只要有假就天涯海角去旅行,我们都称他们是"神雕侠侣"。

美美和丈夫结婚十年之后,丈夫有了精神上的外遇,这件事其实并不是美美发现的,而是丈夫想制止这段感情继续发展,所以主动坦承,请求原谅,并且希望美美帮助他。在我看来,这个丈夫算是个有勇气有担当的男人,是值得嘉奖的。可惜,我一个人的意见,敌不过美美那群同仇敌忾的姊妹淘。那些女人恰好最痛恨男人劈腿,她们是大老婆俱乐部的终身会员,不仅要狂追猛打,还要防患未然。

美美没想过丈夫会坦承对另一个女人动心,自然是心乱如麻。姊妹淘传授她许多惩罚秘笈,一定要好好教训丈夫,让他付出他应该付的代价。

美美答应丈夫，一切重新来过，希望可以破镜重圆。可是，她开始盯梢、追踪、盘问，变成一个多疑的妻子。丈夫提出抗议的时候，她就说："过去就是因为我太不小心了，才会出错。"丈夫知道是自己的错，只得随她。丈夫邀她一起度假，她说她没心情；丈夫送花和礼物给她，她说这些都只是在赎罪。丈夫试着对她说甜言蜜语，她冷不防来一句："你也跟她说这些话吗？"丈夫知道是自己的错，无言以对。

　　我看见过她对丈夫忽冷忽热的态度，觉得两个人若要这样生活在一起，真是难以忍受。将近一年之后，丈夫提出了离婚，美美惊惶失措，她说她只是想让丈夫知道自己错了，她还是很爱他，并不想失去他的。只是，丈夫认为她并不珍惜他们的关系，经过这次的试炼，丈夫觉得美美并不真的爱他。

　　不管经营怎样的情感，都没有不劳而获的事，哪怕是整修破镜，也需要双方齐心努力，有一个人放弃了，便没有重圆的可能。

鞋子的爱情学

小米和莎莎约了我看电影,买了电影票发现还有将近半小时才开演,喝咖啡似乎太仓促,于是,不约而同地,我们走进了电影院旁的鞋店。琳琅满目的鞋子陈列着,任君选择。逛鞋店的心得是,每个女人都不觉得无聊,而且试鞋的时候都很认真,因为,女人的鞋柜里总少一双鞋。

莎莎补充说:"试鞋的时候得坐着,还可以休息,真是太好了。"小米有另一番观察:"鞋店的照明充足,从镜子里看自己闪闪发亮。"总而言之,我们三个人都在鞋店里找到了自我。

短短半个小时,我们试穿不少鞋子,莎莎要找的是穿起来绝对舒适的鞋,只是舒适的鞋子多半不太好看,小米说:"穿着不美的鞋,每一秒都是折磨,我可受不了!"

莎莎自有解决之道:"长裤一穿就盖住鞋子啦,谁会注意这个啊?有什么重要的?"小米嘀咕着:"别人不注意,自己会注意啊。"

小米确实找到了鞋店里最美的一双鞋,细跟、镂花、绑带,是她最爱的银色鞋款,因为是零码鞋,还有很好的折扣。她试了又试,走来走去,蹙起眉头:"有点挤!"

"脱下来、脱下来!"莎莎说:"不是你的尺寸嘛。""可是这明明就是我的款式,我就是爱这种鞋嘛!"她执意不脱。

而我要的是既合心意又能合脚的鞋子,实在很难遇到,因此一直坐着。

我坐在灯光明亮的鞋店里,忽然想到鞋子的爱情学。

小米要的是自己热爱的男人,但婚后争执很尖锐,最终离了婚。莎莎觉得相处容易才是最妥帖的,她找了个合适的男人,和丈夫过着不咸不淡的婚姻生活。我既不肯放弃热爱,又要融洽相处,故而一直单身。原来如此。

马桶起落架

为什么男人上完厕所,都不肯把坐垫放下来呢?这是很多女人结婚之后,除了挤牙膏的方法之外,最抱怨的老公的"恶形恶状"。

小恬说她有好几次,在冬天的深夜,从热腾腾的被窝爬起来上厕所,一坐下去,冰冰凉凉,从臀部直麻上脊梁筋,她忍住想要尖叫的冲动,一把火烧起来。说过多少次了,为什么总是不记得呢?"什么?我没有放下来吗?"每次她质问,老公都迷迷糊糊地反问,完全搞不清楚状况的样子。

"你为什么掀起垫子不放下来?"她总是这样问,次数多了,有一回老公竟这样回答:"难道你希望我不掀起垫子吗?"小恬愣在当场,她当然不希望老公上厕所不掀垫子。到底是忘记掀起来就上厕所比较糟糕,还是掀起之后忘记放下来比较糟糕呢?经过老公似有若无的"恫吓"之后,她也有些疑惑了。

如果问专家的意见,他们会很轻松地解决这个问题,挤牙膏的方法不同，就多买一管牙膏；上厕所的方式不同，就多做一个马桶；看电视的选择不同，就多买一台电视；生活方式差异太大，干脆一人住一幢房子好了。

这并不是解决问题的方式吧，这只是花钱的方式，有多少人能够因为这样的原因买这么多东西呢？

我问过一些朋友，关于马桶垫的起落问题，多数的女性都注意到男人上过厕所之后，不会把坐垫放下来，只有极少数受严格训练的男性，会注意到举手之劳，惠"女"良多。那通常是家里有很多女性，男性占极少数的状况下，才会有的训练。在我的家里，男生女生的数量各占一半，记忆里从没有坐垫起落的问题，男生上厕所之前，要把坐垫拿起来，他们并没有抱怨过。因此，女生上厕所的时候把坐垫放下，好像也是天经地义的事。

我一向是这样看事情的，这当然充分显示出我绝不是一个女性主义者，"进化"得还不够，但，也就少了一些烦恼。马桶坐垫起起落落，使用频率高，就表示家里的人身体健康，排泄正常，这是值得感激的事呢。

其实与我无关

情人之间的话语是很微妙的。同样一句话,有时听起来伤人,有时听起来却很贴心。比方这一句:"其实,与我无关。"情人请你帮忙喂狗,你说:"其实,与我无关。"对方必定认为你已失去热情。情人兴高采烈与你分享他的成就,你说:"其实,与我无关。"你们差不多该谈分手了。

这句话充满自私自利的冷漠与绝情,应该会登上情人最不想听的话语前十名吧。这句话却曾救赎了我的一对情侣朋友,让他们相爱许多年。

同样创作也攻读学位的爱妮,是我多年的朋友,她试过好几次不同类型的恋爱,想找到一个终身伴侣,却相当不容易。当她的情人发现她在创作这个领域的光彩与深度,意识到她并不只是个"教师"而已,便会滋生许多的怀疑与恐惧。"我都不知道你的脑袋里在想些什么?我不明白你这些文章是怎么写出来的?我觉得你好陌生,这种感觉很奇怪。"那些男人的台词差不多类似，并无新意。

开始的时候，爱妮会努力解释，创作只是她生命的一部分，比较专业的那个部分，与他们的感情生活并无干涉。"科学家的妻子都能了解他的发明吗？医生的妻子都能明白他的手术吗？"爱妮沮丧地问我。

我猜想，文学似乎是人人都能读的，并不被视为专业，男人发觉自己不能理解女人脑袋里的世界，便会感到挫折吧。

爱妮后来遇见一个学历低却很诚恳的男人，他只是爱着眼前的女人，懒得管她的创作："你的文章，我没看懂。但我觉得你的写作，其实与我无关。我只要爱你就好了。"这男人研读过爱妮的作品后，突然开悟了。

直到现在他们仍深深相爱着，"无关论"是我近来听见最有智慧的爱情哲学与态度。

一个亲吻,一截天梯

我发现人类的想象力其实很局限的,这一点反映在我们的爱恋关系上。通常,我们仿佛是程式已被设定似的,会和某一种类型的人谈恋爱,哪怕是已经伤得体无完肤,下一次,还是挑选这种类型为对象,无怨无悔。我的学生小黛是那种恋爱至上的女孩,她每次谈恋爱都告诉我们,这一次是真命天子,只是往往不能长久。她爱上的男人都有点腼腆,也有点酷。

在我看来,那些酷样并不是刻意的,而是在掩饰自己的腼腆。小黛是个彩妆师,自己也长得美丽,她坚信没有爱情就不能享受作为女人的乐趣。

上一次她和情人同居一年半之后分手,痛苦半年,便认识现在这个男朋友,现任男友出现在我们面前时,我真吓了小小一跳,和上次那个还真像啊。大家私下预言,这一个应该也不会超过一年半,结果,人家在一起已经三年了,还没传出分手。

小黛有一次比较两个情人的不同,在温柔浪漫的表现上,得分都很高,所以,关键并不在浪漫上了。"是在闹别扭的时候。"小黛说,上一任情人很爱同她怄气,而且一气要气好多天,等到情人气消了,她已经心灰意冷,懒得搭理了。这一任情人虽然也和她怄气,但是化解得很快,一下就烟消云散了。

她举了两个床上的例子,前任情人有一次在床上和她吵起来,气得背过身不理她,任凭她好言好语,低声下气,又抱又亲,依旧怨气冲天,接下来几天虽然还是陪着她出差,为她开车,可是脸色沉得像铅。"我忽然觉得自己好像是他的仇人。"小黛发现这段感情无以为继了。

至于现任情人,他们在床上也发生过争执,小黛气到赶他下床,一片混乱中,情人竟然俯下身亲吻了她的脸颊。"我感觉到他是爱我的,哪怕是在争吵的时候。"小黛在那一刻全然融化,他们和解了。

一个亲吻,像一截从天而降的梯子,让相爱的人找到了台阶。

自信与自卑

【爱的道德经】

不要以为自己缺乏的东西,可以在爱情中获得。

爱情是一种必须无尽付出的关系。

有自信的人才能不忧虑,并且知道付出本身就是一种获得。

没有人能带走你内在的任何东西,它们永远属于你。

女生主动,男生结冻

我在熟女读书会中,听见淑芬说自己年轻时的罗曼史,她说她和先生认识快三十年,结婚二十年,先生有一天忽然惆怅地叹息:"这一生竟然全部给了一个女人,真浪费。"我们都知道他们夫妻感情好,听见这样的怨叹,只觉得好笑。"好像是真的耶。他是我追来的,追到手就紧紧地抓牢不放手了!"淑芬说着自己先哈哈大笑起来。

在一旁的阿凤说:"淑芬应该开个女人主动班,教教女生怎么主动,那些两性专家都告诉我们,女人要主动争取自己的幸福。可是,女人主动的成功率很低啊。到我女儿她们这一辈,二十岁左右的女生,还是没什么成功率啊。"

"我也失败好多次,我只是屡败屡战啊。"淑芬说,她不喜欢那些追她的男生,她喜欢的男生偏偏不来追她,她只好主动追求,结果,男生感觉到她的主动,就紧张起来,进而退避三舍。本来两个人的互动良好的,就在男生察觉了她的心意之后,忽然浑身不对劲，仿佛被结冻了似的。直到几次之后，她遇见现在的先生，那个男生懒懒的，不追求她，面对她的追求也不逃避。"这个男人以逸待劳，一辈子都懒啊。"淑芬笑着说。

阿凤说她那个时代，男人感觉到女人主动，马上就会浮起"这女人不太庄重"的印象，女人只能等待男人来追，永远没办法选择。没想到，到了女儿这一代，男女关系开放了，两性地位平等了，女人主动还是会吓到男人。

阿凤的女儿在社团里认识一位学长，两个人一起办活动，很有默契，学长和女朋友分手不久，阿凤女儿提出想跟学长交往，学长忽然变得很为难，他的理由是："女生主动追求，总是怪怪的。"

我常在演讲场中，被问到男人是否能够欣赏主动的女人这样的问题，我并不回答，因为我不是男人。我用的是现场大调查的方法，发现男人对于采取主动的女人，确实不那么欣赏。"太主动的女人，感觉好像女强人，太强势的女人，压力太大了。"有个男人试着分析，别的男人微笑着点头表示同意了。"女人只要享受被追求的快乐就好了，把辛苦的事留给男人去做嘛。"我的一个男性朋友这样说。

可是，如果那些前来追求的男人，都不是自己喜欢的，快乐从哪里来呢？我相信，不管是男人还是女人，都有主动追求的快乐，男人得快点让自己解冻才行。

不管是男人还是女人，
都有主动追求的快乐。

婚活不如人活

"婚活"这个新名词是从日本来的,想结婚的女人剪个婚活的发型、化个婚活的彩妆、改个婚活的造型,就可以顺顺利利嫁出去了。问题是,没有人能保证婚后可以幸福或长久。到日本旅行时,我发觉"婚活"确实是个很大的市场,日本人发展出类似俱乐部的组织,教导女人如何穿衣、吃饭、说话,最高指导原则就是要讨男人欢心,让男人动心。

为了结婚而做出的改变,在达到目的之后呢?是不是就要恢复原形了?

我认识过几位很想结婚却始终缺乏缘分的女性朋友,发觉她们都有某种类似的特质,生命里缺乏了一点热情与火花。问她们喜欢做什么事?想成为什么样的人?对未来有什么想象?答案通常是茫然的。

"我觉得自己是个很随和的人,为什么谈不了恋爱?结不了婚?"有个女性朋友这样问。"可以形容一下自己吗?除了随和之外，你是个什么样的人？"我问了她这个问题。她想了很久，摇摇头，无法回答。

她是个好人，却没有鲜明的个性，在朋友的聚会里，多了她也不多，少了她也不少。没有人特别喜欢或讨厌她；她也没有特别喜欢或讨厌做的事。从进大学起，她就在等待生命中的伴侣，因此，已经三十五岁的她，对人生全无规划。

在我们几次恳谈之后，她终于放弃了无尽的等待，找出自己喜欢做的事，她每星期去爬山，晒黑了也变壮了，眼睛变亮了，笑声也变多了，一年之后我收到订婚喜饼，她在山友中找到了人生伴侣。

她并没有为结婚而做改变，她只是先让自己活了起来，找到生命里的热情与火花，这火花点亮了她，让她充满吸引力。人活了，婚还能不活吗？

温泉池边的呢喃

"其实,我并不真的那么胖嘛。"我和杜丽约了新春泡汤,她挣扎好久才突破心防,同意和我一起去泡大众池。泡了一轮,在躺椅上休息的时候,看着池边走来走去,或坐或卧的裸女,杜丽有感而发地说了这句话。

"谁说你胖啦?""我男朋友啊!嗯,正确的说法是我前男友。""啊?你们分手啦?"我明白了前阵子杜丽心情总是低落的原因了。杜丽是圆润型的女人,但我从没觉得她胖,倒是常听她嚷嚷着要减肥,对于减肥食谱或秘方特别热衷。杜丽说,她从没泡过大众池,没见过这么多女人裸着身子,直到现在才发现,自己的身体蛮好看,并不像想象中的肥胖。

"前男友说你胖,你就真觉得自己胖啦?"泡完汤吃下午茶的时候,我问杜丽。她想了想:"应该是说,我心里有阴影吧。"

杜丽的父亲是圆胖型的身材,母亲却极苗条标致,青春期的杜丽开始发育,母亲便总是絮絮叨叨,叮嘱她少吃一点,免得像父亲那么胖。杜丽不知道，是因为父母亲感情出问题，父亲才愈来愈胖？还是因为父亲变得更胖，他们感情才出问题？总之父母亲在她上大学那年离了婚，母亲依然年轻漂亮，很快就再婚了，父亲却整个人黯沉下去，暴躁易怒，难以接近。

"你这么胖，当心以后像你爸爸。"母亲每次见到杜丽总是叫她减肥，说她太胖了，以后没男人愿意跟她在一起，就算跟她在一起也不会真心；就算暂时喜欢她，日后还是会把她抛弃……宛如咒诅一般，缠住杜丽，于是她常自暴自弃地说："我太胖了。"男友对她不高兴的时候便说："你这么胖也不减肥？"

有些信心是天生的，有些则从比较中得来，无论如何，都是一件珍贵的礼物。从温泉池中诞生的，是一个新的杜丽，她发觉自己并不胖，其实挺美的。

如果觉得自己不配

我的朋友绿萼是个美得像诗的女人,二十岁出头就结婚,十年后离婚,为了能脱身,只好放弃一儿一女的监护权,远走海外。十五年后她再回台湾,发现女儿的感情生活一团糟,总是爱上并不爱她的男人;总是为了男人做无谓的牺牲;总是把自己放在很低下的位置;总是觉得自己一无是处。

绿萼与女儿恳谈了好几次,女儿终于打开心防,说了这样一段话:"我又不是你,我觉得自己不值得爱,不配拥有幸福。有人愿意跟我在一起,我就很知足了。"

绿萼跟我说这件事的时候,几度痛哭失声,无法平复情绪。她当年远走,很不得夫家谅解,儿子倒没受什么苦,从丈夫到公婆,都把情绪发泄在女儿身上,他们有意无意地提醒女儿,因为她长得不像妈妈那样美,妈妈才会抛弃她离开,又说她的个性这么孤僻,将来一定得不到男人的真心,等等。

女儿希望可以像她,又惧怕自己像她,在夹缝中长大,一心想要脱离家庭。二十岁时,就和一个三十五岁的男人同居,为他背负卡债几十万,尔后的感情生活每况愈下,经历过几段感情之后,她的自我感觉变得很差,觉得反正都是要失败的,都是要受折磨的,都是要被抛弃的,于是,她的潜意识让她专挑所谓的"烂男人"。因为觉得自己"不配"拥有幸福。

绿萼是个有决断力的女人,她知道自己无法回到过去改正这一切,只好带着女儿离开台湾,到没有人认识她们的地方,重新过生活。绿萼安排女儿去短期学校上课,不断和女儿倾谈,告诉她,她有多么珍贵,多么值得热爱,她在朋友建议下陪女儿上教堂,请求牧师为她们祷告,母女二人都泪流满面。女儿终于给了她紧紧的拥抱,并且对她说:"谢谢你,再一次给了我生命。"

一个看轻自己的人,是得不到幸福的,我知道绿萼的女儿终会知道,自己值得。

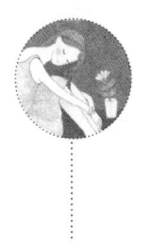

梦露的七天情人

玛丽莲·梦露这样的尤物女神,如同莲花一样地美丽,像梦一般难以捉摸,又像露水一样地脆弱,惹人疼惜。哪怕没看过她主演的任何一部电影,只要她的一张相片,就能动人心弦。与她牵扯不清的男人和恋情,确实不在少数,好莱坞却改编了最清纯、最短暂,看起来最无足轻重的一段,成为一部感人的小品电影。当玛丽莲·梦露的性感女神形象掳获了无以计数的男性,也让导演劳伦斯·奥利弗颇为心动,邀请她到英国拍摄电影《游龙戏凤》。

当时的玛丽莲·梦露刚与美国著名剧作家阿瑟·米勒结婚,却已陷入极无安全感的低潮里,她觉得米勒对她的评价不好;觉得这个聪明、有才华的男人肯定会弃她而去。同时,她那么努力想突破花瓶的角色,成为一个真正的演员,却因为生活上的紊乱与迷茫,总是迟到,无法准确表演与诠释,因此受到导演的责难。当她需要支持的时刻,阿瑟·米勒必须返回美国,将她遗留在英国，沉到最低处的玛丽莲·梦露就像攀住一块浮木似的，攀住了片场中年轻的副导演，那一双专注深情而无企图的眼眸。

年轻的副导只有二十三岁，可以像个弟弟那样地带着她游山玩水；也可以像个情人那样亲密地环着她入睡，这男人绝不会批评她、指责她或抛弃她，只希望她快乐。

正因为他对她没有期望，她因此可以展现出最轻盈、最性感的样子，她喜欢听他赞美她，并且知道这样的话语发自内心，令她拾回自信。

这个举世瞩目的女神，其实只是个患得患失的小女孩。当阿瑟·米勒重回梦露身边，一切就要结束，却正因为地位的悬殊、永远无法结合的绝望、如梦如雾的短暂，才能成就这样完美的浪漫七日情。

安全感

【爱的道德经】

如果决定展开一场新的恋爱与关系,就不要带着过去的创伤、忧惧和阴影,应该归零。

否则,那就成为品质不良的三人恋爱,注定要失败。

对现在的情人和自己,都不公平。

先放下,再开始,是道德的。

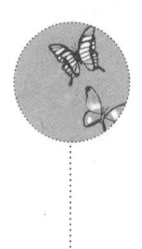

换男人不如换脑袋

Emily 在庆祝三十岁生日的时候对我说:"我送自己的生日礼物就是换一个好男人。"她断然决定与交往一年七个月的小瞿分手,但是我清楚记得她在二十八岁生日时,才与上一个情人断绝来往的,刚和小瞿交往时,她也对我们宣布,这是她一直在寻觅的好男人,还暗示姊妹们存钱包红包,准备参加她的婚礼。

因此,听见她要换一个好男人,Emily 的表姊莎莎搁下牛排,很认真地问她:"明明是一个好男人来的,为什么到你手里就变坏啦?你想过没有啊?"Emily 有点被吓到的样子,她很委屈地说:"我怎么知道?刚开始的时候都很好的嘛,为什么到后来就变得没耐心啊?"莎莎干脆放下刀叉,盯着 Emily:"问题会不会出在你身上呢?""我哪有啊?"Emily 喊起冤来,"我每次只要谈恋爱都是全心全意地付出,每件事都考虑到他啊,但是,这些男人反而嫌我烦,得到了就不懂得珍惜。"

莎莎说小瞿和她先生一起接工程来做，有时候要出差，Emily常常电话查勤，若没人接，便夺命连环call，"最多的那一次，打了几通电话？"莎莎问。"三十四通。"Emily说，"人家着急啊！不然他怎么知道我在找他，而且很着急？"莎莎对我说："所以，他们为这件事吵架了。明明知道他去出差谈生意了，还狂call个不停。"

莎莎继续数落Emily，难得小瞿放假想睡到自然醒，Emily却安排一整天的行程要小瞿陪，小瞿疲于奔命，自然缺乏耐性。"换个好男人，不如换个好脑袋。"这是莎莎给Emily的三十赠言。我想，Emily真正需要的应该是充分的安全感，她该知道过度的紧迫盯人只会令爱情窒息。

昨日魅影

忆云和阿朗终于走在一起，我们这些关心他们的朋友，都觉得很开心。这原本极可能发展为一段三角关系的，可是，阿朗不喜欢一切复杂的情感，所以，虽然已经喜欢忆云很久了，却愿意选择当个守护天使，当她的好朋友。

忆云认识阿朗的时候，已经有个交往好几年的男友了，她曾经以为自己会跟男友天长地久的。男友与忆云的感情不进则退，他们好几次谈到分手，都没有分成，关系却愈来愈平淡了。男友渐渐变得不耐烦，对忆云讲话恶声厉气，他们最终协议分手。

可能因为阿朗一直在身边，忆云失恋之后并不那么难熬，约莫半年之后，她和阿朗正式恋爱了。等待了这么长的时间，才可以在一起，我们当然替他们感到高兴。可是，事情并不如想象中顺利，首先，阿朗发现忆云常常将他和前男友做比较。

这两个男人都是双子座的,忆云常常会说:"你们双子座的都如何如何……"用一种了解而宠腻的口气,可是,阿朗不喜欢"你们"这个词,他知道,前男友现在成为他们之间的第三者了。

忆云看了爱情专家的书,和阿朗讨论:"专家说女人常会爱上同一种类型的男人,犯已经犯过的错。"阿朗只好告诉她:"我跟那个人不是同一种类型的人。"忆云听了只是笑,不置可否,这种态度令阿朗不开心,他问我:"她到底在跟我谈恋爱,还是跟那个人谈恋爱?我有时候觉得她已经搞混了。"我鼓励阿朗跟她摊开来谈,告诉她自己不喜欢她这样的比较。

阿朗告诉忆云,他不会是那个人,因为,他会好好珍惜这段感情,他不会让她不快乐,他不会离开她。忆云听了感动地流下泪水来,她在阿朗的怀里说:"你知道,这些话他以前也跟我说过,可是,他还是离开了。所以,将来有一天,你也会离开我。"

阿朗在那一瞬间忽然爆发了:"我不是他!不要再拿我跟他

比了！"忆云被他的粗声粗气吓了一跳,她哭得更伤心了:"我就知道,我就知道会有这么一天,你对我吼,就是因为你对我不耐烦了。你已经觉得厌倦了……"

我不知道该怎么说,他们的关系里有着昨日的魅影,难以挣脱。忆云把过去的历史带进新的关系里,一步步逼着自己犯错误。她可能以为自己在预防,其实只是在召唤,唤出今日的魅影。

恰巧擦身而过

近来忧郁症与自杀的话题，忽然热门起来，很多朋友纷纷在言谈中说出自己一直有失眠的困扰，有些甚至怀疑可能有着轻微的忧郁症。这也许是一件好事，原本，只能封闭在壳里，无法与他人分担的心事，终于有机会可以说出口，说出来的那一刻，仿佛便可以轻轻卸下一部分了。

月屏是我很年轻时的朋友，前几年她去了新加坡工作，结了婚，后来又离了婚，回到台湾之后，我们才又联络上的。我对她往昔的一段初恋，记忆犹新，那是一个很特别的男孩子，能打篮球还能写诗，根本就是梦幻逸品。

月屏和男孩的感情很节制，也很浪漫，他们都坚持要谈很久的恋爱，要保持热恋的心情。我最记得月屏二十一岁生日，男友来接她，她穿一件白色的洋装，侧坐在摩托车后座，戴一顶草帽，像只白色蝴蝶一样的，穿梭在车阵之中。

  男友去当兵之后,月屏每天写一封信给他,直到男友忽然退训。这故事急转直下,男友不告而别,没有任何交代,只写了一封信给月屏,说是这段感情带给他的压力实在太大,他没办法再承受了,希望分手之后,各自寻找幸福。

  月屏深受打击,我们这些陪她疗过伤的朋友,都不能忘记。有一天,轮到我陪月屏,我们去淡水坐渡轮,来来回回坐了五趟,直到我晕船了,很痛苦地在岸边呕吐起来。月屏几年后遇见前男友,那个男人已经结婚了,还介绍新婚妻子给月屏认识。没多久月屏就调去了新加坡工作,我一直觉得她的出国和前男友的重逢,多少有些关连。

  前两年,月屏又见到了前男友,那个男人告诉她,自己很不快乐,已经不快乐许多年,他甚至告诉月屏,当年他被退训,与月屏分手,都是因为忧郁症的关系。他说他想和妻子分手,但妻子不愿意,妻子总觉得只要看着他,就不会出事。可是,三个月之后,还是出了事,男人自杀去世。

  月屏忽然憎恨起那个不肯离婚的妻子,觉得她要为丈夫的死负责,如果她与他离婚了,他也许不会死。可是,那个妻子说,她的丈夫已经自杀了十几次,这一次只是恰巧成功了。男人虽然有时说要离婚,更多时候却是哭着求妻子不要离开他的。

  月屏听着这个故事,忽然明白了,自己其实是很幸运的。那一年,她失去了男友,使她成为这场悲剧中,恰巧擦身而过的人。

等你，在 iPhone 中

新闻报导一个外国男人下定决心远离网路，关闭手机，回归纯朴自然的生活，三个月的时间，重建了他的人际关系，甚至赢回女友的芳心。看起来似乎不是困难的事，但我想对于已经网路重度上瘾的人来说，却是难如登天吧。

我们随处见到活在手机或 iPhone 里的人，坐车的时候、吃饭的时候、排队的时候、拍拖的时候，人手一机，专注凝视的不是眼前的这张脸孔，而是长方形、发着亮光的小小屏幕。传送讯息、上网、玩游戏，一支手机，就解决了人类的大部分情感问题，当然，也制造了愈来愈疏离的严重问题。

一直很喜爱余光中老师的《等你，在雨中》："等你，在雨中，在造虹的雨中／蝉声沉落，蛙声升起……你来不来都一样，竟感觉每朵莲都像你／尤其隔着黄昏，隔着这样的细雨……等你，在时间之外／在时间之内，等你，在刹那，在永恒。"正当爱恋中的人，往往能达到天人合一的境界，因为专注于爱的缘故，知觉异常灵敏,大自然的一点风吹草动,都能引起我们美好或哀愁的联想。

时至今日,我发觉深深沉浸在手机里的人们,连头都很少抬起,恋人的脸也没时间凝视,更不用说是环顾世界的样貌了。

我喜爱的这首诗,很可以改写为《等你,在 iPhone 中》:"等你,在雨中,在 iPhone 的雨中／蝉声沉落,WhatsApp 升起……你来不来都一样,竟感觉每个游戏都有趣／尤其隔着黄昏,隔着这样的细雨……等你,在世界之外／在 iPhone 之内,等你,在 iPhone,在永恒。"有了 iPhone,你来不来真的都一样,爱不爱也无所谓,因为我们都活在世界之外,永恒的 iPhone 之中。

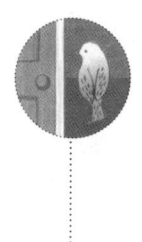

牵住她阿嬷

黛菲从小是由阿嬷抚养长大的,她的母亲在她三岁那年就过世了,至于她的父亲是谁,她根本没见过。

几年前,她认识了一个有钱的帅哥,他们一起去欧洲旅行,还计划买一幢古堡度蜜月,黛菲曾经兴高采烈地对我说:"你以后可以到我们的古堡来写作,那里很凉爽,是个避暑的好地方。"没想到几个月后,就传来了分手的消息,我以为黛菲很受伤,但她看起来还好。

"为什么分手?"我问她。"我没准备离开阿嬷,想一想还是算了。"她这样回答。

后来我才知道,黛菲的妈妈对感情相当倚赖,为了男人的事与母亲闹得很僵,生下黛菲之后状况并没有好转,带着黛菲与不同的男人同居,阿嬷后来去警局把浑身是伤的黛菲带回家抚养,这一养就是三十年。

"如果没有我阿嬷,我早就死了。"黛菲常这样说。

阿嬷七十八岁那年患了失智症，还好是温和的那一种，只是突发状况变多了。黛菲上班时会把阿嬷托给楼下房客，一个补习班老师阿齐。阿齐晚上去上课，白天多半在家里，有什么事可以帮忙照应。

　　好几次当黛菲接到电话赶往医院，阿齐已经都料理妥当了。阿嬷睡着之后，黛菲请阿齐去小酒馆吃点东西，喝杯酒，才发现这看似平庸的男人，其实很擅长聆听，他专注的表情有种安定的力量。

　　前些日子黛菲决定和阿齐走在一起，关键点是在于阿嬷从医院回家的路上，突然认不得黛菲，焦虑紧张的时刻，阿齐走过去对阿嬷温柔地说话，就像牵着一个小女孩那样地，牵住了阿嬷。

　　"阿嬷让他牵着，走回家。我在后面看着忍不住哭了，他愿意牵住我阿嬷，无论如何都不会放开我的手，我想跟他在一起。"不是富有的帅哥，也没有度蜜月的古堡，黛菲却找到了一生的倚靠。

浪漫而持久

【爱的道德经】

爱上一个人并不太难,一直爱着一个人却不容易。

因为要面对的,是自己与对方的阴暗面,双重的压力和痛苦。

『当作世界末日那样地相爱』,也许是个好对策。

反正我们只有此刻,掌握快乐比斤斤计较更重要。

来自情人的圣诞卡

和几个女性读书会的成员讨论读书心得的空当,女主人恰恰端出刚刚煮好,冒着热气的香浓可可,恰恰的妹妹巧巧将棉花糖串起来,放在火炉上烘烤,大家都聚到火炉边取暖。这就是我心目中最恬静美好的圣诞节了。

一抬头,看见火炉上一整排圣诞卡,小筑首先发出赞叹:"哗!什么年代了,还有这么多人写卡片喔?"大家都会心地笑起来。前几年电子贺卡取代了手写卡片,如今简讯又取代了电子贺卡。只有极少数的顽固分子,还坚持书写与邮寄的圣诞节和新年。

巧巧说,每一年圣诞节前,去书店里挑选卡片寄给亲朋好友,依然是最重要的行程与待办事项。"而我今年收到最美丽的卡片,是世朋寄给我的。"她笑得就像棉花糖那么甜。

"拜托!你们在一起有五年了吧?还寄卡片喔?"素馨一脸的不可置信:"这样不会太形式化吗?"

小筑也说:"当我认定要嫁的人是这个男人后,就觉得他是我的家人了。家人哪里需要寄卡片啊?逢年过节啊,实际一点,包个红包就行了。"

"红包当然不能免,卡片也很重要。有些话说着很别扭,写在卡片里不是很浪漫吗?"

巧巧转头问我:"你会写卡片给情人吗?"我点点头:"我一定会写给情人的。"再相爱的人相处久了,日子也会变得平凡,甚至乏善可陈,而这些节日或纪念日,正是将平凡的日子变为特别的一种方式,怎能轻易放过呢?

唯有不甘愿被粗糙琐碎驯服的人,才能驯服生活里的粗糙琐碎。

"我一直不喜欢过年,此刻却期待新年的到来,因为有你陪伴着一起走。"这是来自于一个不擅言辞的情人的圣诞卡,我一直都记得。

定时定量的喂养

珊珊与我约了吃晚餐,刚吃完前菜,手机响起,她对我做出抱歉的表情,推开玻璃门到外面讲电话去了。户外低温只有八度半,珊珊的厚外套留在座位上,贴着手机的脸却无比甜蜜。我知道,这是她的情人打来的电话,叫做Kevin的这个男人,总是准时在这时候出现。

珊珊刚认识Kevin的时候,从不把他当成真命天子看待,因为Kevin并不符合她喜欢的男人那一型。"听他讲话还蛮有趣的,就只是朋友嘛。"珊珊那时是这样说的。Kevin的说法确实有趣,他对珊珊说:"不管你把我当朋友还是什么,只要我们能常常保持联络就好了。"珊珊有段时间常到花莲去出差,搭的是固定的飞机航班,起飞前总会接到Kevin简讯,很简单的几句话:"花莲下雨了,气流不稳定的话,就唱唱歌吧。"珊珊去香港出差,搭飞机回台北之前,一定会接到Kevin简讯:"台北变天,多加件外套吧。"渐渐地,这些简讯已经成为珊珊生活中的一部分，她只要离开台北就会发简讯给 Kevin，告知自己的行踪。不管 Kevin 有多忙，一定会在她起飞及降落时给她简讯。有一次，珊珊起飞前没收到简讯，降落后也没收到，她忍不住打电话给 Kevin，想不到电话竟然接不通。那一天，珊珊六神无主，直到深夜 Kevin 打电话来，解释自己没发简讯给她的原因，是因为遗失了手机，珊珊听见他的声音，失控痛哭。

　　定时定量地喂养宠物，会培养出宠物对主人的情感和信赖。定时定量地喂养爱情，会让爱情变得独特而无可取代。只是，"定时"不容易，"定量"更加困难。

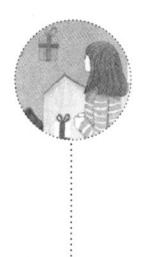

山樱花的后半生

我在高速公路上奔驰了三个半小时，终于来到埔里，探访许久不见的老朋友，他们夫妻殷勤款待，总给我一种回到家的感觉。

聚在一起的时候，我们扳起手指计算彼此结识的时间，原来已经相识了二十八年，那时他们俩还是一对恋人。"那么，你们结婚多久啦？"我问妻子，妻子回答："十七、十八年吧？"丈夫听了傻眼："什么十七、十八年？都二十七年啦！"我拍手大笑："我记得十年前问过她，这么多年过去，她的时间完全停顿呢。"于是，好友夫妻都笑了，妻子一边笑一边说："日子过得这么快，没感觉啊。"

我在笑声中突然有种说不出的感动，他们经历了九二一大地震，生命都有了很大的改变，却觉得相伴的岁月如此匆促，几乎没有感觉。要有很深的情感才能达到这样的境界吧？

经由好友介绍，我又认识了一对医师夫妇，两人在小镇上开个诊所，医师娘平常帮忙诊所事务，下班后就陪着医师找朋友聊天、泡茶、游逛、拍照。医师娘已经六十开外，穿着粉色长裤，浅紫色毛衣外套，乳色恤衫，系一条姹紫嫣红的丝巾，体态轻盈，笑口常开。

医师背着新买的数码单反相机，帮医师娘在樱花树下左拍一张，右拍一张，就像一旁热恋的年轻情侣一样。我们在亭子里泡茶，招呼他们来喝，医师娘进来时，手心拢了几朵刚刚落下的山樱花给我们看。"这么漂亮，掉在地上多可惜。"一边说着，她将山泉水注入桌上的玻璃烟灰缸，把落花放在水面，就这样一个简单的动作，让我理解了她是怎样的女人，以及她的婚姻何以维持得这么好？

连山樱花落下的花瓣，都能得到她的疼惜，并延续了花的美丽，对于她爱的人与生活，又何能轻易放弃？

姊姊妹妹的骗局

这个男人,已经喝了太多酒,说起话来舌头都变大了。他凑到我面前,满是嘲谑的表情:"你告诉我,为什么女人的变化那么大?结婚之前和结婚之后,为什么完全不一样了?到底是一个婚姻,还是一场骗局?"我跟这个朋友认识好些年了,他其实不太习惯倾诉自己的心事,可是,这个晚上,他说了很多话,也喝了不少酒,直到醺醺然。当他问我的时候,我有点震动,因为,这不是我第一次听见男人问这样的话了。他们常常感到惊诧和沮丧,结婚前和结婚后,真的是同一个女人吗?

这个男人在美国留学的时候,遇见了他的妻子,那是个乐观开朗的女孩。成天笑脸迎人,没有其他女孩的忸怩,对大家的事务也很热心。每当有同学要搬家,她肯定会出力帮忙;有人过生日,她就负责烘蛋糕;别人请假不能打工,找她代班绝不成问题。男人觉得这真是个天使般的女孩啊。

他记得有一回,大家一起开车去落基山脉玩,在湖边露营,天将亮的时候，他起身上厕所，竟看见裹着红毯子站在湖边的她，扎着两根辫子，像个印地安女孩。他问她怎么这么早起床？她说，她想等太阳升起。男人可能对于早起的女人都有种莫名的信赖与心动感觉，因为他们的母亲总是比他们早起。

男人和女孩迅速坠入爱河，怀了孕，结了婚，男人找到一家竞争激烈的公司上班，每天工作十二个小时以上。他的妻子再不早起了，也不做家事，当然不烘蛋糕，后来他才知道，她懒得去工作，只想过着悠闲的生活。到美国留学的终极目标就是找一个有前途的男人结婚，倚靠终身。

在计程车上我听见《姊姊妹妹站起来》这首歌，里面唱道："十个男人七个傻、八个呆、九个坏，还有一个人人爱，姊姊妹妹跳出来，就算甜言蜜语把他骗过来，好好爱，不再让他离开。"姊姊妹妹要怎么设下骗局骗男人，是各凭本事的，倒是要能"好好爱"，才能让男人甘心受缚，永不离开。

我站在这里就好

有个男生到我面前来,说是有问题要请教我。

"我想跟社团里的一个女生告白,但是,要怎么告白才比较容易成功?"我笑起来问他:"你有没有想过,如果对方不能接受你的情感,该怎么做呢?"男生搔搔头,有点尴尬地说:"告白失败喔?那真是超糗的!我想我会躲起来不再见她了吧。"告白之前,一般人总想着怎么做才会成功,却没思考过,如果失败了又该如何?苦苦纠缠当然是适得其反,但若是从此人间蒸发或是翻脸不认人,那么,这告白的情感真是一点也不珍贵。

我想起近来听过最令人喜悦的告白故事,发生在四十二岁的朋友玉乔身上。玉乔年轻时结过婚,嫁给一个热情的男人,这男人当了丈夫之后的热情转移到别的女人身上,让玉乔草木皆兵。为了斩断丈夫的桃花,她辞去当时正在巅峰的工作,与丈夫一起移民到新西兰,还生了两个孩子。最终丈夫依然出轨,玉乔精神崩溃,离婚之后独自回到台湾。

那一年她三十五岁，对爱情彻底绝望了。这几年与表姊一起经营网路养生食品，倒做得有声有色。公司里有个三十岁的男同事保罗，与她的工作搭配得很好，私底下相处也很融洽，放假的日子常常相约去骑脚踏车。玉乔觉得保罗随时可能向她告白，却又担心如此一来他们连朋友也做不成了。"我觉得自己不适合他，他这么年轻，有很多机会。"玉乔苦恼地说。"一直为他着想，你都没想过你自己吗？你对他有没有感觉啊？"我只想开门见山。玉乔没有回答。

保罗告白之后，玉乔依旧告诉他自己并不适合，因为她对爱情没信心。"我不会前进，也不会后退，请让我站在这里就好。"保罗诚恳地说。不知为什么，我觉得他们终究会在一起的，因为这样的请求太动人。

我不会前进,也不会后退,
请让我站在这里就好。

热被窝,冷脚丫

女人的脚到了冬天,总是冰冷的,男人的却暖和得多。当两人恋情最浓烈的时候,常会有一个经典画面,男人把女人的脚捧在手里,为她按摩,让她的脚可以温暖。我听过一个更动人心弦的场面,是个外国男人,爱上一个台湾女孩,他们一起去美国某个东岸的城市出差,开车开到半途,正好遇见大风雪,阻住了道路,两人只得窝在车上发抖。女孩的全身冰冷,男人把围巾给女孩围住,女孩却还是冷得很,男人索性把女孩的鞋子脱掉,将她的一双冰冰的脚,贴放在自己的腹部,为她取暖。

听见这个故事的时候,我们都很年轻,忍不住尖叫赞叹,一直追问女主角,有没有和那个男人谈一场异国恋爱?女孩说,男人做出这个动作,她觉得自己宛如珍宝,确实很感动。可是,男人比她大二十岁以上,看着他的秃头和大肚腩,那些浪漫的情愫自然消失了。"如果一辈子都是大风雪,我可能会跟他在一起吧。"女孩做出这样的结论。

我的另一个朋友美群，有一段起死回生的感情经历，也是与冷脚丫有关的。美群和丈夫恋爱没多久就结婚了，结婚之后，感情更好。冬天夜晚很冷，先生泡完热水就钻进被窝等她，她洗完澡却还要东摸西摸，等到上床的时候，双脚已经冰冷了。丈夫习惯性地用自己热乎乎的双脚，挨着她的脚，直到她的脚也变得温暖，才相拥着入睡。

结婚十几年之后，丈夫疑似有了外遇，他们发生过几次争吵。冬夜里，美群钻进热被窝，她的脚碰到丈夫，丈夫触电一样缩回脚："很冰耶！"不耐烦的抱怨一声，美群流了一整夜的泪，她知道，丈夫确实变了心。

她努力挽回感情，也努力开导自己，就在她想要放弃的某一个冬夜，钻进热被窝的美群，小心地缩起自己的冷脚丫，丈夫却用自己的热脚挨过去："我帮你暖暖脚吧……"美群相当诧异，丈夫拥住她："你不要离开我。"她知道，自己的感情风暴已经过去了。

时间与时机

有一次,在我的演讲场上,一个男孩子问了这样的问题:"如果喜欢一个女孩子,要等多久才可以牵她的手?多久才可以亲她呢?"这问题一出现,许多人都忍不住笑了。"你要问的是时间表吗?"我也笑起来。男孩子用力点头。"时间表是因人而异的喔,年轻的时候,我的时间表是以年来计数的,现在可能是以天来计数的了。"场子里的人们笑得更大声,有许多女人都是会心之笑。

男孩子的苦恼,并不因为我们的笑声而获得解决,他说:"我跟一个女孩子在交往,我第一次想要牵她,她就说,时候还没到。我不敢再轻举妄动了,等到过了一段时间,她忽然说,可以牵手了。可是,我觉得那个情绪已经不对了,怪怪的,好像是听命行事,不是真的想牵她的手。"

我想,我可以懂得他的心情,也能理解女孩子的心情。男

人在恋爱中感觉的是"时机",这是个牵手的时机,这是个亲吻的时机,这是个上床的时机,不放过任何可能的时机,等的是"有机可趁"。女人却大不相同,女人在意的是"时间",要有足够的时间等待和酝酿,要有足够的时间说足够的情话,去软化女人的心,足够的时间去制造浪漫气氛,等的是"日积月累"。

正因为男人要的只是时机,女人更必须要紧紧防守着,不能让对方轻易地越过雷池一步。女人也相信太容易让男人有机可趁,并不会得到男人的珍惜与尊重,男人愿意奉献的时间也就愈少。

当男人还没找到时机的时候,只好花费时间与女人在街上逛来逛去,去电影院里坐在黑黑的空间,或者去登山、去赏花,这些都是不得已的。等到男人一旦找到了时机,他就不想再去人多的地方,或是光亮的地方。约会的时候,他的眼睛四下搜寻,找个黑暗的角落,找个四下无人的地方,才能有更多更亲密的接触。"我们去逛逛街吧"、"我们去山上看花吧",女人在无人的暗处尽管提出这样的要求,男人却表现得全无兴趣,"何必浪费时间呢",这是男人的回答。

女人口耳相传与经验累积,使她们学会,用时间与男人的时机角力,看看能不能赢得最后胜利。

绝对专一的自制

"那一年我在日本读书,没有奖学金了,我太太就飞过来帮我。她一边工作,一边照顾两个小孩,一大早起来,帮小孩做饭,送小孩上学,然后自己要搭车一个多小时去上班。晚上下班还要买菜,回家煮饭给我们吃,做完家事才能休息。"

这是在维多利亚港边的午餐,我聆听着一位叱咤风云的企业家,谈着年轻时与妻子胼手胝足的过往。另一位企业家在一旁补充说明:"我们张总裁疼太太是出名的,不只是当着太太的面,就算是太太不在身边,也都是夸赞啊。"张总裁呵呵笑着:"我常常说,下辈子要当女人啦。像我太太这样好命,她在家里的地位愈来愈高,我的地位愈来愈低。"

当大家笑着举杯的当下,我环顾着这些成功企业家,忽然得到一些启示。他们对结发妻子的专一,会不会也就是他们成功的秘诀之一呢?

"完全专一,绝对自制",是在感情上的态度,会不会也是一种人生哲学？当一个男人从白手起家到亿万身家，得经历多少考验？面对多少诱惑？而他始终记得最初牵着他的手，早出晚归、任劳任怨的女人。

他愿意把自己摆得低一点，再低一点，给她更多的尊宠与厚待。因为，不管岁月如何流逝，看着她的时候，往日的光芒便温柔地笼罩。莫忘初衷，在情感上成为一种个人标志，也使他在商场上更无所畏惧，获得更多的推崇。

许多大企业家的第二代，是名符其实的"二世祖"，游手好闲，东不成西不就。而我暗中观察，这些在情感上专一，夫妻关系和谐的企业家，培育出来的孩子，也多有杰出表现，成为父母亲的骄傲。他们领受到的身教，在面对世界的时候，有更笃定的目标与自信。

镜头中永恒的笑颜

芬芬和芳芳是一对姊妹,她们的摄影师父亲常会带着学徒回家过节,芬芬十八岁那年,一个叫做查理的年轻学徒,闯进他们的生活。

他是摄影师父亲相当看好的一位继承人,甚至很想将未来的事业交给他。查理的相机里拍摄了数不清的芬芬与芳芳姊妹合照,到后来便都是芬芬个人的照片了。不管是她在走路,或是阅读、吃点心、喝水、发呆、皱眉与微笑。

就在芬芬二十岁那年,查理正式向师父表明,他不想再做人像摄影的工作,自然风光的拍摄,才是他的人生职志。同时,他制作了一整本相簿,送给芬芬,全都是芬芬的笑颜。芳芳在一旁对落泪的姊姊说:"就是他了吧。"

与查理在一起,意味着芬芬要远离家乡,天涯海角随爱飘流,但芬芬别无选择,她爱查理,爱查理镜头里的自己。

查理在欧洲工作进修好多年,收入不固定,芬芬只能在餐馆打工，贴补家用。查理有时一出门工作就得要几个月，芬芬照顾女儿、采买、操持一切家务，有时候累到站着搭公车都能睡着。

芳芳来看姊姊，说服她回台湾过生活，家里人手众多，不必一个人硬撑。芬芬悄悄地搬出大箱子，开始筛选必须携带的物品，而晒得黑黝黝的查理回来了，明显吃了许多苦，也带回不少钱。他在庭院里为女儿拍了许多照片，并且对芬芬说："只有你和女儿，是我永远的模特儿。"芬芬默不作声，将大箱子里的物件一样一样拿出来，大箱子又锁进柜子里了。

这个故事是芳芳讲给我听的，她说查理一直没有成名，但芬芬一直没有离开他，没有放弃过这段情感，因为他对她的专一与热烈，令她感觉到自己的独特，她是他镜头中永恒的笑颜。

耐心与体贴

【爱的道德经】

恋爱时,我愿意说许多甜言蜜语,愿意当一个甜蜜的情人。因为人生多波折与磨难,我们仍甘愿为彼此付出,多么难得。戒不了甜。在爱中甜蜜一点,是道德的。

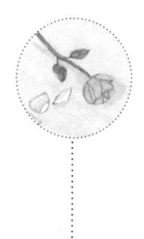

她睡着的样子好美

我的朋友阿明,个性温和,常常看不出他真正的情绪。有一次朋友们聚在一起讨论,如果半夜睡不着觉,很想找人说说话,那会找谁?五个人里有三个都指着阿明,他忍不住笑起来问:"我对你们来说,就只有半夜说说话的功能吗?我还有其他的功能啊,为什么不试试看啊?"那三个半夜想找他说话的恰好都是女人,听了这样的回答,大家笑得更开心了。

三个女人中有个叫娜娜的,每次遇见恋爱中的烦恼,都找阿明倾诉。"他是男人啊,比较了解男人的想法嘛!而且,他又保密,不会到处乱说。"我想,娜娜还没有察觉到的是,她信任阿明。因此,当她又遇见一个"烂男人",几次分分合合,在夜店里把自己灌醉,还记得打一通电话,拜托阿明来接她回家。

阿明并没有送她回家,而是把她带回自己的套房里,虽然阿明已经有了一个论及婚嫁的女友,他还是这么做了。

娜娜到了阿明家并不安分,哭得一把鼻涕一把眼泪,又嚷嚷着要回家,像个布娃娃,还是破旧脱线的那一种。阿明心里知道,必须在天亮之前,把娜娜送走,否则,来送早餐的女友会抓狂,但是,他却没有这么做。

女友提了热腾腾的豆浆和酥饼,用钥匙开了门,便看见床上睡着的娜娜,沙发上坐着疲惫却沉静的阿明。女友当然知道娜娜,她一言不发,放下双人早餐,就离开了。阿明打了三天手机,女友都是关机状态,简讯留言也等不到回音。

阿明来找我的时候,我只问他一个问题:"为什么不送走娜娜?"他说:"我本来是这样想的啊,可是,她睡得很熟。你知道……她睡着的样子好美。"

她睡着的样子好美;她醉酒的样子好美;她说说笑笑或落泪的样子都好美。在恋者的眼中,那对象怎样都美。

我想,阿明明白了,阿明的女友也明白了。只是不知道,娜娜明不明白?

暂时消失就好

我的朋友欣欣和男友吵架,口不择言地呐喊:"我不想看见你,请你从我面前消失!"男友伫立片刻之后,开门走出去,摔门的声音那样空洞。欣欣走进他们两人的卧室中哭了一场,累得睡着了。醒来已是黄昏,仍没有看见男友,她打他的手机,才发现手机根本没带出门。她忽然感觉惊惶与懊悔,打了电话给我,才刚接通,就哽咽了。

欣欣说她并不是真的不想再看见男友,也不是真的希望他消失。如果他真的消失了,该怎么办呢?

欣欣在美国留学时,住在寄宿家庭,遇见对她很好的一位美国妈妈,那位妈妈和她谈心时,说起小时候有个双生弟弟,比她聪明又讨人喜爱,她被冷落的时间久了,不免有些怨恨,心中常常想着,"如果他可以消失就好了"。结果,仿佛她的心愿被应允那样的,双生弟弟在入小学之前,某一天就在家门口消失,再也没有出现。美国妈妈已经满头白发,说起这段往事,依然痛哭失声。

欣欣被这个故事震撼，久久难以平复。除非不再喜欢一个人，除非真的不想再看见那个人，否则，怎么能期望对方消失呢？"我其实是很爱他的啊！"欣欣在夜晚来临时，低抑地哭泣着。

这件事的结尾是男友拎着两个夜市的烤肉便当回来，他说他不知道要到哪里去，在公园里逛了半天，看见一对老夫妻相伴坐着，妻子喂中风的丈夫吃面包，还把丈夫落在身上的面包屑捡起来，津津有味地吃了。欣欣的男友说他看得傻了，忽然好想回家，好想抱着欣欣请她不要生气。

欣欣用力拥抱住男友，对男友说："我不是真心希望你消失的，只要暂时消失一下就好。"**暂时消失一下，有时候是一种幸福。最重要的是，消失之后，有人等着你回来。**

捷运上的絮语

我在捷运上听见这样的对话。"以你的标准,他肯定是帅哥啰?""真的不是!他真的很丑!""只是比你以前那些男友丑吧?应该还是不错的,否则你怎么看得上?""我跟你说啊,每次跟他见面之前,我都有心理准备,这男人真的不好看,他的优点不是外表,可是,真的看见他出现的时候,心里还是会跳一下,喔,怎么这么丑!""所以,你们会在一起,是因为'他很丑可是他很温柔'吗?""他真的很温柔。他是我遇见过最能掌握的一个男人了。"

交谈着的两个女人穿着入时,约莫三十几岁,我听见了那个关键词,"掌握"。

女人在十几二十岁时,追求的或许是外表,一个好看的男人,一种闪亮的感觉,让别的女人羡慕或嫉妒。然而,为了维系这样的关系,许多女人也吃了不少苦,忍受许多不必要忍受的情绪。于是,才渐渐明了,自己想要的是可以掌控的生活,可以掌握的情人，不必小心翼翼，委曲求全。女人到了三十几岁，在工作上多半已经得心应手，在情感上更需要多一些体贴与成全。

女人对爱情与伴侣的要求，其实是一直在改变的。

不久之后，我在捷运上，听见一对母女的交谈，五六十岁的母亲对女儿说："他退休之后，我的压力真的好大，偏偏你又搬出去住了。"女儿说："你知道我也是不得已的啊。你都跟他生活一辈子了，有什么事情好好讲嘛。""我难道不想好好讲？他就根本不想听啊，一点耐心也没有，动不动就发脾气，好像我都是错的！我对他低声下气一辈子，他到现在对我一点耐心都没有……"

伴侣关系到后来，只要愿意耐心倾听，便是一个理想的情人了，女人的要求变得这么简单，却还不一定得到。

最棒的生日礼物，是情人送的；
最贴心温暖的安慰，是情人给的；
最有力的支持与倚靠，也是来自情人。

女人难爱才可爱

兵兵在专栏里看见我写的《有些女人很难爱》，表示相当同意，却要补充说明："女人难爱才'可爱'。"我听了大笑，兵兵这些年来专挑难爱的女人爱，感情生活充实丰盛。而兵兵不是个大男人或小男人，她是个女同志。

兵兵第一次爱上女人，是在初中时，爱上了她的英文老师，她们相差近二十岁，直到现在，英文老师生日她们还是会欢聚，老师甫成年的女儿也会参加。"发自内心地欣赏和赞美，专心一致地爱慕着那个女人，就会发现那个女人无比的美丽。"这是兵兵的爱恋女人秘笈，她每次都是全情投入的，虽然时间无法持续太久，但是分手之后总还能保持不错的关系。

三十岁之后的兵兵，成了熟女的最爱，尤其是在两性关系中挫败的女性，她们的共通性就是主观强烈，喜欢控制场面，自尊心大过自信心，兵兵的最高指导原则是："跟着她们的步子走就对了。"

当她的情人表现强势时就让她们做主；当她的情人软弱时就把她们当小女孩爱宠；情人忙碌时不去烦她们；情人空闲时帮她们找乐子。兵兵是SOHO族，自己当老板，简直就是为了当理想情人而做的生涯规划。兵兵说她得到过最棒的生日礼物，是情人送的；得到过最贴心温暖的安慰，是情人给的；得到过最有力的支持与倚靠，也是来自情人。

"这些女人可以是情人，也可以是母亲；可以是好姊妹，还可以是最好的同盟与参谋。她们的感情厚重，目光锐利，不拖泥带水，更不会让你时时感觉愧疚。"听着兵兵这样下注脚，我竟有一种被了解的感动，差点泪光闪闪。

"要不要和我恋一场啊？"听见这句话，我大笑起来，难爱的女人并不难取悦的。

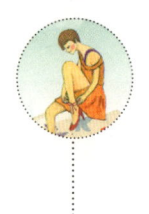

食玩女人

和朋友约下午茶,提早到了,当然不能放弃到超市逛逛,沿着一排排货架,随意浏览。忽然听见一个男人的声音:"可不可以麻烦你,帮我一个忙?"我转身,看见一个干干净净的男孩,有些腼腆紧张,对着我微笑。他指着身边的食玩,对我说:"我想抽一个食玩,但我怕自己手气不好,抽不到想要的那个。"

我走近一些,看见那是一组糖果屋的可爱食玩,各种颜色的水果糖和棒棒糖,色彩缤纷地装在不同的容器里,全都是迷你的尺寸。"哇!真是超可爱的。"我由衷地赞叹,"你搜集这些喔?""不是啦!是要送人的。"他倏地涌起深深笑意,"是要送给我喜欢的女生的。"

我想起也爱食玩与盒玩的那个朋友 Ashlyn,常常向我诉苦,男友看见她买食玩就生气,觉得她很幼稚:"这明明是小孩子才喜欢的东西。"家人也带着嘲讽的意味批评她这项嗜好,母亲说:"你真的应该赶快结个婚,生个小孩养一养,就不会这么无聊地玩这些东西了。"姊姊一看见她买食玩就撇嘴:"浪费钱!没有意义的东西。"Ashlyn 有一次发了火,将食玩收成一大袋,没好气地对姊姊说:"我哪里浪费钱?这一整袋还没你尾戒上的石头贵!我把没意义的食玩丢了,你也把尾戒丢掉!"从此再没人批评她了。那是她心灵的避风港,她随时可以进入的理想世界。而她需要的不是小孩,不是结婚,只是一点了解。

我后来请超市小姐帮忙,找出那个男孩很想要的食玩。"他已经买过好几个,都不是最想要的。他想送给女朋友,完成一个小女生的愿望。"超市小姐心领神会地微笑,轻巧拆开盒子帮男孩做确认。

"谢谢你。"男孩笑着对我说,"但她已经三十五岁了,不是小女生。"我点点头,那真是个幸福的食玩女人啊。

我今天收到花了

在七夕情人节那天,我收到一封 mail,主旨写着"我今天收到花了",看起来似乎有点矜夸的意味,也可能是个病毒,但,基于好奇,我还是开启了它。

那是一篇中英对照的短文,大意是说:"我今天收到花了,但今天并不是什么特殊的日子,而是因为他昨天动手打了我,摔我撞墙又勒我脖子,我知道他不是故意的,我知道他也很难过,因为,他今天送我花了/我今天收到花了,今天不是母亲节,也不是什么特殊的日子,昨晚他又揍我了,比之前更狠更严重,我想过要离开他,可是谁来照顾我的孩子?我怕他也怕离开,我知道他也是难过的,因为,他今天送我花了/我今天收到花了,今天是个非常特殊的日子——我出殡了。昨天他终于杀了我,把我活活打死了。如果我有足够的勇气和力量离开他,我今天就不会收到他的花了。"

原来是这样的一个送花故事。这样的送花事件一点也不陌生,有个在医院任职的朋友就说,她常看见因为家暴住院的女人,收到男人充满歉意的花束。花束愈繁盛美丽,表示女人受的痛苦愈惨烈。她因此拒绝收到情人送来的花,仿佛那是一个可怕的诅咒。

有个当法官的朋友常常要处理家暴的案件,她说这些年来,法律已经站在受害者这一边了,家暴法施行之后,对于受害人提供了更有效的保护。丈夫若因施暴而被诉请离婚,妻子是有很大机会可以获得子女的监护权的。听朋友这么说,我当下乐观起来,觉得问题都是可以解决的。法官朋友叹了一口气,法律固然可以规范人们的行为,却规范不了内心活动。法院把受害者放在一个安全的地方,与加害人隔绝,却隔绝不了亲情或感情的呼唤。他们往往破镜重圆了,而新的伤害又再发生。

犯错与道歉的轮回,送花与爱情的迷思,像鬼魅一样纠缠不休。

信任与猜疑

【爱的道德经】

痴,很动人的一个字。
仔细想想,痴,就是知觉生病了。
刚开始病的时候是可爱的,
病得厉害就可怕了。
伤害别人和自己都没有感觉,
因为,知觉生病了。
在无情与痴情之间,我愿取其刚刚好,
自在而知觉地相爱。

愈亲密愈多谎言

我乘坐的计程车刚刚从高架桥下来,正经过圆山,要往外双溪去。司机先生的手机响起来,他接通电话,隐约可以听见女人的声线,他大剌剌地问:"怎样?"显然是熟人才会用这种语气,"嗯,嗯,你在哪里?天母喔。嗯,不行耶,你们自己坐车啦。我现在有客人……不方便啦,客人要去板桥。"说这句话的时候,他的眼光从后视镜瞄了我一下,我若无其事地把眼光转向窗外,却觉得自己好像共犯。这个男人说谎。不管他是为什么原因不想去接那个女人,他都说了谎。并且,因为他对女人说谎,我便几乎可以判定,他们之间的关系必定非常亲密。

非常亲密,到达必须要说谎的地步。

我们使用手机,随时追踪他人的行迹,每一刻都可以知道他在哪里,在做什么。好像有了手机,我们便可以安心,便觉得关系或感情都更加稳定,事实上,只是让更多人有机会训练自己的说谎技巧与内容。

在某些偷情宾馆里，还有特别设计为偷情男女做掩护的音效，只要按下一个键，就会发出像是机场啦、火车站啦、百货公司啦，各种公共场所的声音。查勤的人被蒙混过去了，偷情的人也可以为所欲为了。

香港的电讯公司推出一款手机，是可以立即摄影的，可以看见双方通话者的样子与周围环境。你说你在尖沙咀吗？你说你在火车上吗？你说你在写字楼吗？你说你和同事在吃饭吗？拍给我看啊。我相信有一阵子人们必须要对另一半诚实点，但，过不了太久，就会发明出一种掩护程式，不管你在哪里讲电话，都能自行设定背景，背景还能动，会发出声音，几可乱真。

整个世界都在帮人说谎话，因为谎话是保持亲密关系的重要配备。

枕边嫌疑人

被绑架十八年的美国女童洁西,已经成为两个女儿的母亲,她陪着嫌犯走进了警察局,说出自己的身份与遭遇,这条新闻震惊全世界。嫌犯绑架了女童之后,将她囚在自家后院,不见天日的悲惨生活中,还生下了嫌犯的两个孩子。若从孩子的年龄推算,洁西十四岁就成了母亲,只是念初中的年纪。十八年来洁西的处境,令人不忍听闻。而那绑架了十一岁的小洁西、前科累累的五十八岁男子,竟然还对媒体说,如果慢慢了解这件事,就会发现,这是最打动人心的温馨故事……

我在晨报读到这则新闻,并且注意到一段小小的描述,关于绑架案的另一位关系人,那就是洁西的继父。洁西在上学途中被绑架,她的继父看见之后,骑着脚踏车拼命追,却没能追到。因为他是最后看见洁西的人,可能也因为他的"继父"身份,使得他遭到了警方的调查与怀疑。于是,这个继父怀着愧疚感——为什么没能抢救洁西——忍受着异样眼光,生活在阴影之中。最终，他失去了婚姻，这好像也是必然的结果。

洁西的母亲该如何自处呢？当大多数人都怀疑她的枕边人，而她作为一个母亲，不免会想，对于枕边人的情感，是否感性多于理性，而没能了解到一些真相呢？她的心中是否渐渐产生了裂痕，使她难以面对这一切？我们看过太多小说、电影与新闻事件，不断提醒、暗示我们，嫌疑最大的往往就是你的枕边人。

洁西十八年后出现，听见这个消息，她的母亲与继父在电话中相对痛哭了十分钟，继父对记者说："终于可以还我清白了。"

而这十八年来的煎熬与痛苦，除了痛哭，还能如何？**哪怕是在挚爱的怀里，不信任的感觉仍令我们惴惴难安。**

迷途知返,然后呢?

丽敏和阿裘相恋已经四年多,虽然大家总不看好他们,却一路风雨相随,终于成为平顺的情人。阿裘在公司里训练新进员工,遇见一个学妹,巧笑倩兮,热情活泼,"学长、学长"娇媚可人地唤着,竟把阿裘的心给唤活了。他忍不住雀跃,借着见习之名,带着学妹出差,寻觅美景与美食。

这段暧昧情发展了半年多,阿裘发觉学妹的占有欲特强,情绪起伏很大,他决定迷途知返,向丽敏坦承一切,请求她的原谅。丽敏度过两个星期恍神的日子,在阿裘的忏悔痛哭之中,接纳了他。

阿裘向丽敏求婚,并且积极地准备婚事。丽敏却进入一种无人可以知解的状态中,她的情绪常忽然直直坠落,用生疏的眼光注视着忙得兴冲冲的阿裘,为什么他可以像什么事都没发生过一样?光是挑结婚戒指她就看了几十种款式,没有合意的。

阿裘苦笑地说:"是戒指不合意,还是我不合你的意啊?"

丽敏为这句话又发了顿脾气，三天不接阿裘电话。

于是，她心力交瘁来找我。"我曾经那么信任他，那么爱他。可是现在，我再也没办法信任他了。""那么，你还爱他吗？"丽敏的眼泪落下来，点了点头。我想，若已经不爱，也就不会那么痛苦了吧。就因为还爱着，无法离开，却又不知该怎样往下走，才会进退维谷。

"把过去的一笔勾销吧！"我对丽敏说，"就当作是新认识的，很喜欢的人，没有历史，只看现在与未来。"

因为，曾经背叛的包袱太沉重，她根本驮不动。疑惧已经成为他们感情中的第三者，挥之不去，随时等待着摧毁他们的爱情。学妹已经出局，"疑惧"却稳稳坐上第一把交椅，阿裘迷途知返而徒劳无功。

我们信任一个人,
是因为这个人的长情、负责与耐心。
一个人能让另一个人信任许多年,
里面必然隐藏了深沉的爱意。

走出阴影再恋爱

筱佩的初恋是从谎言开始的,男友谎称单身,等到感情很深了,筱佩才赫然发现自己原来是个"小三"。在难舍难分的拉扯之下,历时一年多才从三人世界变为二人世界。筱佩和男友平静生活了半年多,发觉男友似乎又劈腿了,她非常伤心,愤而自杀,男友愧悔回头,他们重修旧好。

后来,男友在网路上创业,周转困难,又向筱佩借钱,她抵押了新买的套房,将贷款借给男友,孰料男友的合伙人恶性倒闭,男友宣称没脸见筱佩,竟也不知去向。筱佩找来私家侦探查访男友下落,最后在汽车旅馆找到男友,那男人与公司女同事双宿双飞,过着挺滋养的日子。

筱佩和男友分手后,曾经对我说:"如果把我和这男人的烂事写成小说,起码二十万字没问题吧?版税分我一半,让我还贷款。"那时她正在看心理医生,情绪不太稳定,我劝她以后自己写吧,写作也是一种疗愈啊。

而她一年之后去大陆出差，认识了一个卖鞋子的男人。那男人一直盯着筱佩的脚看，接着开口拜托她当鞋子模特儿："你的脚实在太美了，让我拍了照片放网路上，每卖掉一双，我就分红给你。"为了贷款，也为了好玩，筱佩同意了。他们的合作很顺利，据卖鞋男的说法，销量多出百分之三十以上，筱佩每个月能领到一万多元，同时，他们也从合作伙伴变为情人。

只是，筱佩受不了卖鞋男与前妻见面，也无法接受卖鞋男与大陆女同事出差，她总觉得这男人也在欺骗她，对她说谎，会令她人财两失。她甚至在夜半时分突然痛哭起来，惊醒枕边人，要他交代与前妻见面说过什么话。

这段感情终于画下句点，因为她还没走出阴影，无法再恋爱。

公用电话的秘密

我的手机突然坏掉,却又和人约了谈事情的那一天,确实有点狼狈仓皇。因为太仰赖手机,所以,相约的时间地点都没讲定,只以"手机联络"待续,就各自去忙了。我在街上找公用电话,这才发现,自从手机大量使用之后,公用电话的数目便减少了许多。好不容易找到电话,又发现身边根本没有IC卡,买来卡片插进机身,我忽然怔忡,有多久没打过公用电话啦?

还很年轻的时候,我遇见一个没有工作的男孩子,他的艺术天分和才华,以及有点古怪的脾气,都很吸引我。最重要的是,他对我很好,可以说是有求必应的状态,我确实很需要这个朋友,不管那是怎样的一种情感。可是,我的父母亲并不喜欢我和他常常联络,于是,和他联络这件事也变成了生活里小小的叛逆与冒险了。

我不能在家里打电话给他,所以,我总是打公用电话给他。

他从没问过我为什么不在家里打电话,也没问过我为什么嘱咐他别打电话来我家,只是在每一次接到我的电话的时候,声调里显现出过多的喜悦。"嘿。"他听出我的声音,就会发出这样的单音。"嗨。"我听见他接起电话,也就觉得轻松了。"你现在在哪里啊?"他每次都这么问。于是,我便会描述自己所在的位置,形容电话亭外的风景,三分钟,把话讲完,心满意足挂电话。

三分钟能讲什么呢?记不得了。可是我一直记得,因为感觉到他在彼端陪伴,而充盈着小小的幸福。

后来我们断了联系,看见蓝色的公用电话,我的手指被号码按键诱惑着,蠢蠢欲动。我只好用力转过头去,不看它。

"看见打公用电话的人,我都觉得他们有什么秘密。"朋友音舒这么说。她头一次看见老板用楼下的公用电话讲话,却不用公司的电话,也不用手机,就觉得怪怪的,后来老板娘跑来大闹,证实了老板有外遇。一年多之后,音舒有一天去看姊姊,姊夫还没回家,她吃完晚饭骑机车回家,竟然看见离姊姊家五分钟的市场边,姊夫正在讲公用电话。音舒说她的血一下子全冲上脑门,不知道该怎么办才好。半年后,姊姊终于发现了姊夫的外遇。

到底是谁,在什么情况之下,会去使用公用电话?他们隐藏的是什么秘密呢?

整个世界都在帮人说谎话,
因为谎话是保持亲密关系的重要配备。

因为只能相信他

　　杜丽与春和是大学同学,那一年我刚站上讲台教书,就遇见他们。杜丽被同学拱为班代,心里很不乐意,春和半推半就地当了副班代,两人一起处理许多事。那年因为选修课与必修课的问题,学生们和系上发生一些歧见,矛头全指向负责沟通联系的杜丽,杜丽心力交瘁,刚好又和男友谈分手,濒临崩溃边缘。我看她实在撑不下去,便请春和帮忙解围。春和话说得不多,却总能恰如其分,果真化解了同学之间的猜疑。

　　有一次,我在校园里看见杜丽与春和的背影,忽然感觉到一种宁静的融洽,有种什么样的微妙感觉一闪而过,却只是瞬间消逝,因为,他俩都有交往的对象。毕业之后杜丽去了美国念书,春和当完兵进入广告公司。我和他们的联络渐渐少了,只是偶尔听闻这两个人依然单身。

　　今年中秋节前,我接到杜丽电话说是要送饼来给我,忙碌之中我以为是月饼,没有太在意。结果送饼来的人是春和,他说:"我帮杜丽送喜饼来给老师。"我惊喜地接过来:"杜丽要结婚啦?新郎是谁?"我看见喜饼上的小卡片,写着春和的名字,一时之间简直说不出话来。

杜丽后来告诉我,她一直觉得春和不是她喜欢的类型,但是,将近二十年来,她在国外需要买什么东西,都麻烦春和,春和总能帮她办妥;她回国之后,年迈的阿公常需要看医生,也是由春和帮忙介绍,甚至还陪杜丽的阿公去看病。

"从那年他在班上帮了我,直到这么多年之后,我发觉最信任的人就是他,少不了的人只有他。我想,那就是他了。"

我们信任一个人,是因为这个人的长情、负责与耐心。一个人能让另一个人信任许多年,里面必然隐藏了深沉的爱意。

尊重与理解

〖爱的道德经〗

不爱我的,我不爱。

因为爱我的人才能接受真正的我,有优点也有缺点的我;不用假扮别人的我。

因此,我也只能同我爱的人相爱,我得接受全部的他,才是完整的爱情。

在我的世界里,没有「爱人」或「被爱」的选择,只有相爱的等待与追求。

我也愿意生小孩

我的朋友阿波与她的恋人阿特,将近七年来的情感与同居生活结束了,知道消息的朋友都觉得很遗憾。相恋时阿波三十岁,阿特三十三岁,他们确实试验着不结婚、不生小孩而能够亲爱和谐的美满生活。

阿波在工作上的表现杰出,加班、出差的机会很多,阿特从不抱怨。有段时间阿特赋闲在家,整理阳台花草,开着车独自去旅行,阿波很欣赏他能享受人生。直到阿特因为工作关系调到上海去,才传出情变的消息。

在他们分手两个多月后,阿波忽然对我说:"那个女人说,她愿意为阿特生小孩。"当时我们正泡在温泉里,身体是暖的,池外却是寒雨霏霏。

那个女人,显然就是感情里的第三者,为了她,阿特才舍弃了与阿波的情感。"是因为……小孩吗?"我有点困惑了,不生小孩,不是他们的协议吗?

"阿特说他快要四十岁了,他其实想要一个小孩,想要一个家,他觉得人生很虚无,什么都是抓不住的,不甘心就这样过完一辈子。"阿波的眼睛直直地注视着前方:"很奇怪的是,他以前从没跟我说过这些,我一直以为他很快乐的。以为我们一起生活是很幸福的。"阿波问阿特如果想要一个孩子,为什么不跟她讨论或者商量?

阿特说,他觉得阿波不会为任何人改变自己的想法,如果勉强她做自己不喜欢的事,两个人都会痛苦的。

"所以,他真正想要的,可能根本不是我这样的女人。"阿波的脸上浮起一抹苦涩的笑意。"其实,我也愿意生小孩的。真的。"阿波眼光迷离地说,"如果,我知道他想要个孩子。"

原来,曾经如此亲密的一对爱侣,只是相爱着,却并不是彼此了解。

真爱不做爱

虽然有"文革"的背景,虽然是发生在中国农村的故事,《山楂树之恋》却仍掳获了我许多朋友的心。"看了哪有不哭的?"看完之后发出这样的评论,当然,以女性居多。一个"成分不好"的高中女孩,到农村去体验生活,却遇见一个高干家庭出身的大学男生,他们可说是一见钟情,很快就坠入爱河了。然而,那个年头充满禁忌与压抑,也为他们原本单纯的感情添加许多难测的变数。

读过许多爱情小说,看过许多爱情电影,**我发觉能打动人心的故事,必须有压抑,有深重的想望而无法达成,却成痴痴缠缠,难舍难分。**

在女主角静秋与男主角老三的恋爱中,并不纯粹只是心灵的吸引,其实也有着强烈的肉体诱惑和欲望。好几次老三被静秋发育完熟的胴体所激动,他只得强自抑制,苦不堪言,偏偏静秋仍一派天真浪漫,人事不知。老三也只好选择等待,等过一年又一年，等到他们即将排除万难，可以厮守终生，他却得了重病，不久人世。静秋去医院看他，他们睡在同一张床上，他们亲吻、爱抚、裸露相拥，老三覆在了静秋身上。读者都以为他们终于做爱了，连静秋也这么以为（显然仍是天真浪漫）。后来才发现，老三依旧守住最后防线，并未逾越。于是，这个"情人"瞬间升华为"情圣"，成为爱情中的圣人。

他明明很想做，明明有机会做，却终究没有做，因为他不想"害"了静秋。于是，不做爱成为一种高贵的美德，成就了所谓的真爱。

而我感到有趣的是，为了不想"害"她而不与她做爱，这样的想法或做法，对于现代的年轻女性来说，到底是魔音还是福音？

我问了试婚中的小乔，二十五岁的她说："当然要先做爱，才能知道这男人是不是我的真爱啦！"

最爱魅影

已经记不清,这是第几次看《歌剧魅影》了,其实,我很想问女主角克莉斯汀:"你爱的到底是子爵,还是魅影?"

子爵是个年轻英俊的贵族,从小与克莉斯汀青梅竹马,见到长大之后的克莉斯汀,更加深情倾注,甚至愿意为她而死,这样的男人,当然是应该爱也值得爱的。可是,那生活在幽暗地下的魅影呢?他如同音乐天使一般地看护着小克莉斯汀,他费尽心力地教导她,使她有机会成为一代名伶,他为了成就她,给她机会,不惜制造事端与恐怖。他为她花费许多时间,他只能躲在暗处,不能现身,当然也不能展开追求,一切都是因为他那毁掉的容貌,如同鬼魅的一张脸。这原本是一种只求付出不问收获的爱情,却因为子爵与克莉斯汀的重逢,一切都改变了。

于是,我忍不住要问,如果子爵一直都没有出现呢?寂寞的、渴望爱情的克莉斯汀,是否就会与她的引领者、音乐天使相恋呢？哪怕是有那么强的对手子爵出现，魅影还是可以攫住克莉斯汀的神魂与哀怜。克莉斯汀自己说："我的心灵让我拒绝你，我的灵魂却想要接近你。"这不是所有被爱牵扯着的人共同的体验吗？

那些不该爱、不能爱，偏偏却又不能自拔地爱着的，不都是这样的告白？

得不到克莉斯汀的魅影，因嫉妒而发狂，他掳走了至爱，并以子爵的性命相逼，要求克莉斯汀嫁给她。克莉斯汀没有激烈地反抗，也没有哀求，她只是用充满哀怜的神情，亲吻了魅影，动情地亲吻了他。

这个吻救了子爵，救了她自己，甚至也救了魅影。

魅影被她的爱软化，放走了他们，没有做出可怕的报复，也没有让自己万劫不复。因为获得了爱，他懂得了成全，就像一直以来，他在黑暗的地下为克莉斯汀所做的一切。

我偷偷以为，克莉斯汀最爱的是魅影，有些女人懂得，割舍掉的感情，才是最纯粹完美的感情。

有些女人懂得，
割舍掉的感情，
才是最纯粹完美的感情。

身体是感应器

当侃平在念大学的时候,大家都传说他是个男同志。他的身材高,体魄好,对女生很温和,和男生相处也很融洽。当年他代表系上参加篮球赛,手臂一勾,进球得分,看似轻轻松松,迷倒许多女生。那一场最后的关键比赛,两队平手,评审的哨子已经要吹响了,侃平跃起身子,最后一球,进篮得两分。全场欢声雷动,几个平常就很喜欢他的女生冲进场中央,对他直扑而去。我清楚记得,跑得最快的女生跃起身子向侃平吻去,而他是那样机警冷静地避开了女生的"袭击",用一种迅速而飘忽的移动,将女生轻轻推开。那一刻,作为一个旁观者,我几乎相信了关于他的性向的那个传说。

直到几年之后,从国外念完研究所回来的侃平,带着他的新婚妻子,坐在我的研究室。那个妻子穿着简洁的长版T恤,紧身裤,配一双高统靴,剪得相当利落的短发,薄薄贴在头上,看起来有点像个大一新生。

我们聊起当年的传言,大家都笑起来,侃平说:"我不是男同志,但我对身体也有感应的,并不是所有的女性,我都喜欢。"

侃平说起他的许多经历,与女人的相处,常常得忍受她们的诱惑。在国外念书时,利用空闲时间去打工,有位女主管对他特别有好感,与他谈话时,总要用身体磨蹭着他。当他们共同检索电脑中的档案资料,女主管必定站在他的身后,丰满的胸部压住他的背脊。"不但一点也没让我兴奋,反而令我觉得很不舒服。"

"你觉得被骚扰了?"我问。

"并不是意识上的感受,就只是身体的感觉。"侃平很坦白地回答。

我开始思索,是否误解了男人?其实,男女都一样,身体是灵魂感应器,会指使我们远离或靠近另一个身体?

因为他总记得

缤缤原本决定,今年春假要和同居五年的男友阿德结婚了,他们俩从相恋到同居,也是历经许多波折的,根据缤缤的说法:"如果再不结婚就真的一点感觉也没有了。"不管如何,他们俩开始积极地看房子、挑家具,并且规划贷款的偿还计划等等。没想到二月底竟传来他们取消婚礼的讯息,朋友们议论纷纷,大家都在问:真的还是假的?而我总是想起缤缤说的那句话"一点感觉也没有了"。对许多女人来说,"感觉",还是个重要的东西吧。

缤缤后来约我吃饭,看起来神情平静,她说在看房子和挑家具的过程中,她才发现,阿德根本不知道她喜欢和不喜欢的是什么,不知道也就罢了,更糟糕的是她发现他完全不在乎。他坚持浴室要用黑色瓷砖,但缤缤无法忍受大片的黑,黑色的沉重令她晕眩。阿德喜欢开放式厨房,但缤缤觉得烹饪时整个家都是油烟味很不舒服。

几件事的意见相左,阿德丢出一句:"你怎么这么麻烦!"过去这句话也是常听见的,然而此刻却异常刺耳,因为史提夫的出现,那个从香港来的公司总裁。他只是飞来台北视察两周,主要由缤缤接待陪同,这个看起来冷静的大老板与缤缤吃过三次饭,便记得她不吃羊肉,用橄榄油而不用奶油,喝温水而不是冰水,饭后一定要甜点……他像哄小女孩那样跟她说话,觉得她非常有趣而不麻烦。

"你爱上他啦?"我问。

"其实不是爱上他,而是重新爱上我自己。"

"我相信可以找到一个男人,他总记得我喜欢和不喜欢的事。"缤缤充满信心地说。因为这个萍水相逢的男人,记得这些关于她的小事,使她意识到自己并不是真的那样麻烦,使她重新爱上自己,决定出发追寻一种崭新的、有感觉的生活。

热血与柔情

"笨蛋!"沈佳宜在柯景腾身后大喊,柯景腾在雨中一个劲儿地往前走,头也不回地喊回去:"我是大笨蛋才会喜欢你这么久!"沈佳宜一边流泪一边喊:"你什么都不懂!"这是从台湾卖座到香港的青春电影《那些年,我们一起追的女孩》的经典画面。

互有情愫许多年的沈佳宜与柯景腾,就这样渐渐走出彼此的世界。我认识的许多大学男生看了一遍又一遍,口口声声喊着:"好热血!真的是超热血的。"男生都在其中见证了自己的热血青春,女生则在沈佳宜的那句"你什么都不懂"里,回味了自己的柔情岁月。

喜欢一个人,就是要让他更好,这是许多女生的做法。因此,当柯景腾的座位被换到沈佳宜前面,沈佳宜便监督起他的课业,为他出考题,担任他的小老师。女生的情感是细微、体贴而不张扬的,一种似水的柔情。

柯景腾的做法是许多男生的共通准则，为女生挺身受罚，为遵守承诺剃光头，四处张扬对这个女生的爱慕，大声说出"我要一直追你"这样的宣言，一种燃烧的热血。不计后果地去做，不问回报地去付出，这是热血的，也是最吸引男生的一种阳刚气。

到底最后是否一定会成功？如果在一起又该怎么相处？这些都不是热血男生会仔细思考的，他们正热爱着这样热血的自己。女生却已经百转千回地把情节演练好几遍了，她们"什么都懂"，知道一切如果安顿下来，热血将会降温成一种寻常，于是，沈佳宜们常常在某个关键时刻悄然退场，留给热血的柯景腾们永恒的美好回忆。

每个男孩的心里都有一个沈佳宜，女生却不见得想成为沈佳宜。当沈佳宜大喊"你什么都不懂"的时候，她可能因为分辨出热血与柔情的不同，因而充满忧伤。

自立与自强

〖爱的道德经〗

分手时的态度,最能看出一个人的品格。

如果分手分得惨烈,之前的浓情蜜意都会一笔勾销。

有些人因为感情失败,丧失良知,做出许多损人不利己的事,结果最失败的是他的整体形象。

相爱时珍惜每一刻,离别时感恩放手,是道德的。

爱上你无关幸福

我和朋友馨馨刚刚完成了我们的疗伤购物行程,接着又进行了疗伤 SPA,当我们持续到疗伤美食这个单元的时候,音响中传出莫文蔚的歌声:"满意你爱的吗?有何新发现?温柔的实验,恋爱的肢体语言。努力爱一个人,和幸福并无关联。小心啊!爱与不爱之间,离得不是太远……"这首歌名为《寂寞的恋人啊》。

馨馨突然停住她的筷子,掩面哭泣起来。

是的,这原本就是一场疗程,疗愈的是她的失恋创痛。我们努力营造了一整天的高亢心情、正面能量,就在几句歌词里功亏一篑了。

馨馨二十岁时就认识了那个男人,他们是从朋友开始的,而不是恋爱。等到发现彼此关系更像恋人,馨馨就宣布她已经名花有主了。只是,男人一直游走在恋人与朋友的界线之间,时不时拉动着那条线,让馨馨受伤,男人又小心地赔罪,温柔地呵护。馨馨于是告诉自己:"这个男人还是爱我的。"

男人没把她介绍给家人或朋友认识,理由是"不要让这些不相干的人干扰我们"。馨馨感到沮丧的时候,不免也会想:"谁才是不相干的人啊?会不会其实是我呢?"她仍给予男人极大的空间与包容,不过问他去哪里,也不过问他和什么人在一起,她觉得若爱一个人,就应该对他完全信任。

十年后,男人愈来愈忙,他们一个月竟然只见一次面,馨馨终于提出了分手。男人没什么挣扎,顺水推舟地接受了。

馨馨的剧痛汹涌而来,"为什么这么爱一个人,却与幸福毫无关联?"她泪眼婆娑地问。只是爱一个人,却没把自己的幸福考虑进去,最终只能成为寂寞的恋人啊。

前妻懒得复仇

第八十二届奥斯卡奖颁奖典礼上,最受瞩目的逐鹿之战,就是小成本的《拆弹部队》与五亿美元的娱乐巨片《阿凡达》,同样获得九项提名,包括最佳导演与最佳影片。尤其令人津津乐道的是,两部电影的导演曾经是夫妻,这场前夫与前妻的大战,更让人期待。

颁奖之前,入围的几位男导演不约而同,对女导演凯瑟琳·毕格罗大加赞扬,认为她抡魁是实至名归的,连《阿凡达》大导詹姆斯·卡梅隆也不例外。虽然不知道两位前夫妻的关系与情感纠葛如何,但也为詹姆斯·卡梅隆喝彩,相当有风度的表现啊。

得奖揭晓,凯瑟琳·毕格罗不负众望,夺得最佳导演的殊荣,也成为史上第一位女性导演。媒体争相报导,我看见某家电子媒体以"前妻的复仇"为标题,形容这样一个意义特殊的时刻。正在吃馄饨的我,噗地一声,差点呛到自己。

"怎么了？"朋友问。我示意她看新闻，她撇了撇嘴："前妻才懒得复仇！""没错！前妻有更重要的事要做。"

詹姆斯·卡梅隆有五段婚姻，凯瑟琳·毕格罗是第三任，他们离异已近二十年，两人从夫妻成为工作伙伴与知己关系，这样的升华，恐怕是许多沉溺在烈爱与怨恨中的"平凡人"无法理解的吧。

作为名导的前妻，凯瑟琳·毕格罗身上背负的压力肯定不小，若她想要力争上游，想要自我成就，必须花费很长的时间，很大的心血。短短两年婚姻生活中的一切，恐怕都显得微不足道了吧。

许多女人——不只是凯瑟琳·毕格罗，追求生命中的自我，为的不是爱过恨过的任何男人，只是为了自己。却有许多男人，仍怀抱绮丽幻想，以为女人变好或变坏，都是因为他。也算是一厢情愿的自我安慰吧。

不吃瓜的女人

我的朋友碧芳是个不吃瓜的女人,从小就不爱吃一切瓜类,她总觉得瓜类有一种很奇怪的气味。二十四岁那年,她终于鼓起勇气,到男友阿丰家去拜见他的母亲。这母亲一直不喜欢碧芳,不喜欢她的身高与体型,不喜欢她的家庭与父亲的职业,不喜欢她的星座与血型,但她真的爱阿丰,还是得闯这一关。

阿丰的母亲满脸笑容,在炎热的夏天端上一盘切好的水果:"我切了半天才切好,多吃一点喔。"那是香瓜与西瓜组合而成的水果盘,碧芳当下明白,阿丰的母亲有多么讨厌她。

她并没有死心,对于爱情的坚持与热烈,让她不肯弃守。阿丰的母亲开出条件,若要进他们家门,必须要考上公职人员考试,否则太没保障了。碧芳喜欢的是设计,却不得不去考公职,喜欢旅行的阿丰却选了导游的工作,过得很开心。

碧芳这一考就考了三年,当她终于考上,进入公家机关工作,与阿丰开始筹办婚事,阿丰的母亲却看似不经意地说:"其实喔,女人还是当老师比较好啦。下班时间比较早,可以回家煮饭,照顾小孩,又有寒暑假。我们阿丰为了家庭在外面东奔西跑,要有一个贤内助帮忙才行。"刚刚考上公职的碧芳,听见这样的话,就像是被逼着吃了一大盘瓜一样,头昏想吐,涕泗纵横。

多年后我与碧芳重逢,才知道她为了结婚真的去考代课老师,也当了几年老师,直到与阿丰离婚。"我觉得很不平衡,阿丰可以做自己喜欢的事,我却过着不像自己的人生。"

这样的不平衡终于消磨了他们的爱情,碧芳和好友共同创立了饰品设计品牌,在网站上经营得有声有色。她可以不再吃瓜,过着自己的人生。

可以争气,不必负气

我知道她过得并不快乐,事实上她的每个朋友都知道这件事,因为她嫁的那个男人并不适合她,她从没为这个男人神魂颠倒过,她放弃很多其他机会选择了这个男人,只是因为这个男人应该不会辜负她。

但,我刚刚认识她的时候,她不是这样的,她那时候很活跃,参加话剧演出,还是跳远选手。我刚担任他们班的导师,在运动会上看见她的男朋友,那个外系的男生,专注地用单反相机捕捉她飞跃的身影。据说他们高中时就恋爱了,男生是为了她才转学来这里的,他们是很受瞩目的一对情侣。

毕业之后,她进了社会,男朋友去外岛服兵役,聚少离多。她来学校找我,哭诉自己的孤寂与无助,又说办公室里有个主管对她很照顾,看见这个主管,也让她有了好久没有过的怦然心动的感觉。

那一天,我只是听,并没有给她什么意见。爱情倏忽而来,飘然而去，原本就是很难捉摸的。

　　不久之后，听她的同学说她和那个主管走在一起了，不久又分开了，因为主管还没和另一个女朋友分手。这些事，在外岛当兵的男朋友当然是无所知悉的，她甚至也没告诉过我。等到男朋友当完兵回来，出国留学，半年之后，因为结识了另一个女孩，要求分手。这一次，劈腿的是男朋友。她不肯平静分手，坐飞机到美国去大闹一场，说是自己如何珍视这份感情，如何忠贞地守候着彼此的誓约，因为闹得太厉害，男朋友几乎没办法在学校呆下去。

　　她没能挽回恋情，心碎地回到台湾，诅咒所有的第三者与劈腿族，在我的面前，她恨恨地咬牙切齿。我仍没有说什么，想来她和主管之间的事，她已经忘记了。

　　她没有为自己的幸福争取，得过且过地选择一个对象就结了婚，把自己所有的不顺遂都归咎于前男友。我直到现在仍为她感到惋惜，人生起起落落，感情有得有失，她可以做一个争气的女人，却选择了负气的人生。

爱能防堕

小学二年级的男生对班上的女生说:"我长大以后要娶你。"谁会把这样一句话当真呢?纵使他们真的是两小无猜,形影不离,成为同学们取笑的对象。但是,长大之后,一切就会改变了吧?或者,渐渐地忘掉了吧?

然而,小学五年级时,男生因为家庭因素突然搬家转学,从此就与女生失联了。尔后,女生改了名字,像是一个崭新的人那样,过着新的生活。男生曾找过女生,用的是旧名字,始终没有找到。

直到十四年后的某一天,女生在脸书上寻找到男生的名字,并且发出讯息,询问他是否是自己认识的那个人?男生给了这样的回复:"我一直在找你。"

他们相约见面,发觉一直都把彼此放在心上,虽然隔离了十几年,从未见面,神奇的是,爱却静静地在心里生长着。

分离时还是孩子,见面时都已是成人,准备好要爱,也等待着要爱，而见面的瞬间，清楚明白，想要爱的就是眼前的这个人。

这是与脸书有关的浪漫爱情故事，相信必然会流传好一阵子。网路啊，并不只是戕害青少年的身心，或是造就许多宅男与怨女，还能穿梭不可能的相逢，令有情人终成眷属。

十四年后再相逢，男生成为英挺的陆军军官，女生则是有着甜美微笑的房产公司秘书，就像是拍偶像剧那样，连他们的职业和形象都那么优质。如果，他们并不是这样的优质男女呢？如果他们在成长的过程中堕落沉沦了呢？再相见已是面目全非？

或许就是因为心中有爱吧，有着爱的盼望，便有着向上的想望，于是不肯堕落，也不会堕落。

那一天，我看见香港工地围篱写着"小心防堕"的标语，想到人生常有堕落的可能，往往都是爱，防止了我们的堕落与沉沦。

或许就是因为心中有爱吧，
有着爱的盼望，便有着向上的想望，
于是不肯堕落，也不会堕落。

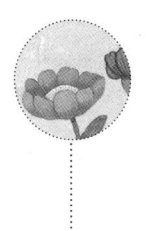

鱼汤挽不回的爱

因为人在香港，我的消息总是慢半拍，回台探亲时看报纸才知道，曾经的当红玉女明星，婚后淡出银幕，而后与丈夫离婚，过着清苦病痛的生活，前些日子过世了。

在她过世之后，她与前夫之间的纠葛成了新的话题，尤其她的前夫依然活跃在政坛与影坛，并且再婚了，看起来过得幸福美满。我还记得小时候看见这位玉女明星清丽典婉的容貌，听见大人们说："这样的女人就是男人最想要娶的。"于是心生仰慕，真希望自己可以像她。

女星的闺中好友叙述女星如何侍奉丈夫，丈夫每天早晨出门前一定要喝一碗鲜鱼汤，女人得早起出门买活鱼，一边料理烹煮，一边聆听丈夫起床淋浴的声音，很怕鱼煮老了或不够熟，又怕丈夫跨出浴室不能立即喝到热汤，于是在厨房与浴室门外跑来跑去，戒慎恐惧。

我猜想有不少六十岁以上的太太们，看见这样的报导也就是会心一笑，不予置评吧，因为她们多半也是揣着一颗忐忑不安的心侍奉丈夫一辈子。倒是四十岁左右的女性朋友，相当不以为然，妻子已经做到这样，还是落得离婚收场："男人就是被女人宠坏的。"至于二三十岁的女性朋友像在听天方夜谭，古代的故事，与她们半点也不相干。

女星被称为宝岛玉女，曾经是电影的当家花旦，到香港和日本拍过电影，是个追求者众多的明星，无限美好风光的前途，她却选择了与一个心爱的男人相守，退出影坛，成为自己所说的"三十年的时间，随时在厨房待命"的贤妻良母。

丈夫在外风流快活，常有绯闻传出，做妻子的一概隐忍不发，默默承受，直到留不住心也留不住人。

在无法平等相爱的关系里，多少鱼汤与心思，也挽不回注定坠落的爱情。

成熟的品格

{ 爱的道德经 }

爱情其实不是一种旗鼓相当的关系,
而是一种强弱搭配的美学。
就像穿衣服一样,全身都光鲜夺目反而不出色,
总要有突出的,有陪衬的,才能和谐。
少了陪衬,如何突出?
陪衬是爱情里最高贵的角色。

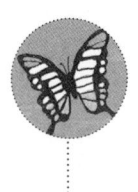

张罗午餐的权力

雷雨之中,我匆匆赶赴熟女读书会,却还是迟到了,桂姐正在和其他的姊妹们聊天。桂姐在读书会里的地位很崇高,她曾是第三者,未婚生子,并没有因为孩子的认祖归宗或是教育费告上法庭,反而是她的男人与妻子离婚之后,与她共结连理。在桂姐之前,男人的风流韵事不少,桂姐是他的恋爱终结者,看起来那个男人是得要从一而终的了。或许就是因为这样的经历,使得桂姐一开口,各家姊妹都专心聆听。

她们在讨论的是老公与女秘书之间的微妙关系,A太太愤愤不平地说:"我每次看见她在我老公办公室晃来晃去,就觉得不对劲!如果不是真的有事,为什么他不肯把她辞了?天下只有这么一个女秘书吗?"

B太太感同身受:"我都跟我老公讲好,他的秘书一定要由我来挑,男人喔……"桂姐从容不迫地问:"午餐呢?谁跟他吃午餐?"大家都有些迷惑,午餐?这有什么重要呢?"谁管他的午餐啊？他想吃什么就吃什么，他想跟谁吃就跟谁吃！"A太太的脸都涨红了，仿佛已经看见老公在午餐时出轨的画面。"这是你的权力啊。"桂姐翘起兰花指，很优雅地啜一口咖啡。

她耳提面命地对姊妹们说，千万别看轻了午餐，替老公张罗午餐，是老婆的权力呢。事实上，为别人张罗饮食，都是很大的权力啊。

对方要吃香的还是喝辣的，都操控在我们手中，吃得营不营养、胆固醇会不会太高、份量不足或太多、要不要加洋葱或大蒜、吃米吃面还是通心粉？桂姐说她为了替老公搭配日日新鲜的午餐，看了好多食谱书，也搜集了城里各式美味餐厅，务必要让老公想到她就流口水。

有时候她出国，由秘书或助理准备午餐，老公总是抱怨没滋味或是太油腻，一心一意等她回来送便当。我听着，一面赞叹，果然术业有专攻；一面庆幸，这样的权力还握在自己手中。

预知情事的女人

参加大学同学会那天,我在住家楼下遇见邻居,她说:"你今天很漂亮喔,有打扮就是不一样啊,要去上节目吗?"我说不是的,只是要去参加同学会,二十几年没见的同学们重聚一堂,不希望自己看起来很邋遢。邻居会意地微笑:"我了解啊。"但,有些人在别人眼中的形象,是永远不会改变的。

同学会里最受瞩目的应该是纪风和陌陌,大家都觉得他们曾经在一起,但他们都不承认,只说彼此是很好的朋友。纪风已经结过两次婚,陌陌一直维持单身。据说毕业之后,也已经二十几年没见了。当他们在餐厅里拥抱彼此,我们这些旁观者都有些难以言说的莫名感动。

纪风在大学里的女友一个接一个,从来没闲过。他是中文系少见的俊男,高瘦矫健,驰骋球场确实是赏心悦目的画面。我们一群女生常在球场为他卖力加油,包括陌陌。而他们俩走得更近,是在纪风再一次与女友分手之后,我们全班去金山露营烤肉，陌陌厨艺不怎么样，纪风却把她烤得又咸又干的烤肉吃光光，陌陌笑着拜托他别吃，他说陌陌做的一定要全部吃光光。

那一夜，大家纷纷进入帐篷睡觉，只有纪风和陌陌守在营火旁，天将破晓时，我们听见纪风弹吉他唱《守着阳光守着你》。他们后来竟然没有成为一对，跌破我们的眼镜。而二十几年后，他们坐在餐厅聊天的样子，仍有着那夜沙滩上的幽微眼神。

陌陌的情史其实也不单调，她订过婚又解除。"我觉得这样很好啊。"陌陌后来对我说："我希望自己不是他的那些女人们，而是一种独特的存在。我早就明白，他不是个好驾驭的男人，我也不想驾驭他。"

像个预知情事的巫者，陌陌巧妙地避开了爱情崩坏的可能性，也保持了她在纪风眼中永不改变的美好形象。

九岁小孩都知道

大学女生想跟学长一起吃消夜，宿舍却已经关门了，她竟然从三层楼高的地方往下跳。原本说好会接住她的学长，临时退缩，女生落地摔断双脚。这个事件在网路与新闻上沸沸扬扬了好几天，大家热烈地讨论着。说是女生太奋不顾身了，而男生又太不讲义气了；说是男人本来就是不可相信的等等。

我在一场亲子与教育的演讲中，提到了这个女生与学长的意外事件，无意批判任何人，如果那是一场爱恋，外人哪里有置喙的余地？

我只是想到，这个故事可能会有三种状况发生：A．学妹一腔热血决定跳下来，学长评估情势，发现自己并没办法接住她，便理性地阻止了学妹。在那个当下，学长浇下的冷水固然令学妹很不开心，却能保护他们双方都平安。B．学妹跳下，学长临阵脱逃，他想到的是保护自己，却带给学妹更大的失望。C．看着学妹那样义无反顾地跳下来，学长怎能退缩？明明知道自己既不是杨过,也不是张无忌,还是以肉身相拼,接了再说。结果是两败俱伤,学妹伤了脚,学长伤了脊椎,可能造成终身残疾。这三种状况,到底该选哪一种呢?

　　现场的成年人都微笑着,仿佛有点小小的苦恼,没有人回答。在那个当下,忽然听见一个孩童的、稚嫩的声音,坚定明确地喊出来:"A!"

　　是一个九岁的小男孩,还没经历过爱情的洗礼,还没说过近似于谎言的承诺,还没有太多矛盾与复杂的牵扯,他那么容易地就做出了正确的选择。

　　一个九岁的小孩都知道该怎么做,为什么当我们成年之后,当我们年龄愈来愈大,愈不知道该怎么处理生命中的诸多选择了呢?难道长大之后,我们的智慧竟然退化了?还不如一个九岁的小孩?

我们挑选一个合适的情人，
像箱子一样能包容许多东西，
能负重，能应付各种路况，
最重要的是令我们能有轻盈便利的旅程。

男人的品格

男艺人在媒体上爆料与已分手的女艺人的隐私,并且指出女艺人十七岁时与他发生关系,"竟然"已经不是"处女"。

此则八卦一出,四面八方炮火隆隆,挞伐男艺人,同情女艺人,闹得沸沸扬扬。用这样的爆料方式去谈分手女友,男人的心态非常明显:"看看这女人多不自爱。"却没想到旁观者的心态,其实是:"这男人实在没品,还好他们已经分手了。"对于受害的女性,既同情又庆幸。对于爆料的男人,既不齿又愤怒。

但我们都很清楚,他不是第一个做这种事的男人,也不会是最后一个。

男人利用网路或媒体公开女人的隐私,尤其是与性相关的隐私,层出不穷,是因为他们深知有利可图。首先是某些男性仍可悲地以为与女人发生性关系,表示自己是个强者,征服了女人,迫不及待地四处宣扬。

我听过某位颇有社会地位的男人,夸耀似的对一点也不熟的、同桌吃饭的男男女女宣告:"我昨晚和某某(一位成功的名女人)上了床……"接着是一连串评语。那时还很年轻的我,不知该如何形容心中的惊讶、失望与憎恶感。此后,不管这男人取得多么高的成就,我无法消除内心的轻蔑。

社会长期以来对女人要求的"守贞"观念,依然左右许多人的看法,我听过最荒谬的指控是丈夫指责妻子无耻,因为妻子在婚前就和丈夫发生关系,虽然那是妻子的初夜,丈夫婚后二十年追想起来,依然觉得妻子不贞、淫荡。"她和我发生关系,就有可能和任何一个男人发生关系。"

对女人的要求与期望这么高,男人的品格也该提升才是。最起码应该做到的就是,心胸开阔一点,嘴巴闭紧一点。

旅行箱的旅行

下着微雨的伦敦街头,晚间九点多,迟迟才夜的天光也已全黑了。我的旅伴拉着我的旅行箱,我在一旁撑着伞,我们走了一小段路,到街角的垃圾箱旁,弃置了坏掉的箱子。这并不是我头一次在旅途中抛弃坏掉的箱子,只是,之前都是把弃置的箱子留在旅馆房间里,扬长而去。这一次,伦敦旅馆要求我必须自己丢弃箱子,于是,亲手丢掉箱子,遂成为一次特殊的经历。

我的这只旅行箱,当初也是千挑万选的,轻薄、坚固、艳丽的桃红色,四个拖拉皆可的小轮子,伴随着我去了北京、上海、吉隆坡、日本,却在伦敦之行时,发生了变形事件,完全扣不上了。不管它的颜色多鲜艳、轮子多好用,扣不上也就无用了。每一天我回到旅馆,都努力地试了又试,有时候可以扣上,多半时间只是徒劳无功。于是,只得买回一个新箱子,决定抛弃旧的。

　　抛弃箱子那一夜,我突然发觉,这也像是一则爱情的譬喻。我们挑选一个合适的情人,像箱子一样能包容许多东西,能负重,能应付各种路况,最重要的是令我们能有轻盈便利的旅程。当然,若条件允许也希望它有醒目的外观。我还记得去吉隆坡那次,参加的是文学活动,同行的一位女作家曾赞美我的箱子"真美丽",那时候,我心中的虚荣与骄傲。然而,当箱子的功能性消失,为了接续的旅程,我们也只得换一个新的。

　　第二天,在伦敦早晨的街头,我看见一个男人推着我的行李箱,轻盈快乐地跑过街角。他用一根籀带将行李箱籀好,走两步便放开手,试试箱子的滑行速度,显然非常满意。这个画面安慰了惆怅的我,对我不合用的箱子,对他人来说或许如获至宝。爱情,不也是如此?

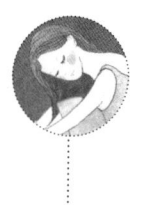

她身上的指痕

我想,这确实是我近来遇见,最难开解的一个感情问题了。阿群和褆褆是大学时代的恋人,他们一起创立社团,为办活动四处募款,因为担任过社团的指导老师,我和他们都熟。褆褆是个享受生活的女生,喜欢参加一些华丽的派对,一杯香槟,一碟鱼子酱,都可以令她快乐很久。阿群对生活的态度是精神层面的,可以为了买影展套票,吃一个星期泡面。

褆褆说她爱的是阿群的那点才气;阿群说他爱褆褆总是可以那样快乐地过生活。但是,阿群的才气敌不过现实,毕业后褆褆出国念书,阿群找不到一个体面的好工作,他们几番协调不成,终于分手。

并不出人意料地,褆褆嫁入豪门当贵妇,阿群痛定思痛,重新出发,拍了几部广告片,成为小有名气的导演。

去年,褆褆离了婚,与仍然单身的阿群重逢,两人又再度痴缠热恋了。听到消息的人都觉得开心,纷纷表达祝福。几个月后，褆褆来找我，却显得很落寞。她说她感觉得出阿群还是爱她的，只是他们之间的热情似乎消失了。

"我们在一起已经三个月了，他好像不太愿意碰我，他虽然还是体贴我、疼爱我，但就是不碰我。我真的不知道这是怎么回事？"我约了阿群见面，看见他的样子，吓了一跳，他看起来比褆褆还憔悴苦恼，显然这问题对他造成更大的困扰。

"我没办法克服……她的身上好像留着那个男人的指痕，我愈爱她，愈不能面对这个问题。"阿群倒是很坦白地说出了他的症结所在，而我能说什么呢？

"你就当她动过一次手术吧。手术肯定会留下疤痕，但因为这次手术，她才明白自己爱的人终究是你。"我找到一种解释，希望可以让相爱的人继续走下去。谁的身上不是深深浅浅地留痕呢？只要走过爱的道路。

慷慨的付出

【爱的道德经】

最好的爱,是不会为了自私的理由,而让对方痛苦的。

拥有爱和付出爱,看起来完全有利无害,只要在这过程中是快乐的,不妨多多益善。

爱人与被爱,是道德的。

傻女人是个宝

在爱情里,什么样的女人可称为傻女人?当然是为了挚爱付出一切,就算痛苦也甘愿领受,伴着泪水一起吞咽而下。喔,对了,傻女人的必备条件就是她爱上的,肯定不是个好男人。如果是个好男人,能为女人带来幸福,这女人也就不傻了。而这男人也不一定是坏男人,可能只是有些无可奈何、力不从心,最典型的就是别人的丈夫或情人。

电影《非诚勿扰》中的舒淇就是这样一个傻女人,她爱上别人的丈夫,却仍痴心等待,有朝一日那男人会离婚,同她结婚。在患得患失、永无止境的等待中,她心灰意冷地赴了葛优的征婚之约。

葛优演的是个其貌不扬的中年暴发户,有过人生闯荡,也干过令自己后悔的荒唐事,梦想着找个美丽的女人安顿后半生。舒淇带着一身伤口出现,虽是魂不守舍的样子,已经令葛优十分倾心。

他对舒淇的赞赏别出心裁:"情人眼里出西施。你是仇人眼里也出西施了。"美到连仇人都爱,这男人绝不是暴发户而已,他浪漫到骨子里。最特别的是,他能容许舒淇和他在一起,心里却挂记别人。或许因为他知道,若他不容许,便没机会同这女人在一起。他爱她,爱的正是她的这份痴傻,这份断不了的缠绵,纵使对象不是他,他也能欣赏,能疼惜。

电影演到后半场,葛优心疼着舒淇,观众却也心疼着葛优了。这女人真傻,这男人何尝不是?

葛优的想法是,这女人的爱这么痴心,将来她能爱上我,不也是一样?那该是多么奢侈的幸福?观众想的是,这女人能爱上别人,却不一定会爱上你啊。好在葛优与舒淇的关系是建立在知己上,**从知己而成情人,舒缓和谐的热情,虽不是激情,也很美好。**

（拥有爱和付出爱，
看起来完全有利无害，
只要在这过程中是快乐的，
不妨多多益善。）

维持现状,就好

我有时候仍会在梦中听见男孩子问:"你想过我们会是怎样的关系吗?"那是在我很年轻的时候,想要亲近我,却不得其门而入的男孩子,苦恼的声音。我是怎么回答的呢?"我想,维持现状就好啦。"细细的声音,是我年少时的嗓音,好像很脆弱,其实无比坚决。

等到成年了,我才明白,"维持现状"真是一种残酷的关系,既不能退也不准进,谁给予我权利说"维持现状"的?只因为我心中知晓,自己是被爱悦着的。被爱悦着给了我无限的权利,仿佛可以予取予求。

我的一个读者阿嘉,是个善良的男孩子,他默默地喜欢一个叫做小芹的女孩,只要她一个简讯或电话,他就马上赶到她身边去,为她做任何事,只为了博取她一个笑颜。别的朋友取笑小芹:"你要被阿嘉套牢啰。"她便皱起眉摇头:"阿嘉又不是我喜欢的那种类型。我们是很好很好的朋友耶。"

话是这么说，可是，当小芊熬夜工作也不准阿嘉睡觉，半夜里，小芊鼻音很重地要求："我要吃粥啦……"阿嘉立即出门去买粥，送到小芊楼下。黎明时分，小芊充满元气的声音透过话筒传来："我们去吃永和豆浆吧。"阿嘉洗把脸马上出门，在她楼下等着她。

"她真的只当我是好朋友吗？"阿嘉苦恼地问我。我们都知道，阿嘉的付出与角色，早不是一个"好朋友"，而是一个"好情人"了。

小芊跟别的男孩子约会，并且手牵手一起出现的那一天，阿嘉的世界崩塌了。

可是，小芊还是用我见犹怜的语气对阿嘉说："你是我最好的朋友，我们之间不会改变的吧？"阿嘉不知道该说什么，很沉重地，点点头，算是允诺。小芊和男朋友进展很顺利，却依然在半夜睡不着的时候打电话给阿嘉，央阿嘉与她聊天。"为什么不打给你男朋友啊？"阿嘉问过。小芊这样回答："你不是我最好的朋友吗？"

最好的朋友，是不会为了自私的理由，而让对方痛苦的。我告诉阿嘉，他的痛苦，正是来自于小芊"维持现状"的要求，这要求既残忍又无理。除非可以回报情感，否则是没有权利要求他人"维持现状"的。

有爱活得久

澳洲皇家理工学院教授科恩在一项人类老化国际会议上,提出一个结论:恋爱的人或者有很多嗜好的人,寿命通常比较长。

澳洲专家的说法是,当一个人专注于某件有趣的事物,或是与情人含情脉脉地对望着,全神贯注的时刻,便会忘记了时间的流动,一个小时过去了,却以为只过了五分钟。我们应该都记得陷入热恋中的自己,是怎样地充满活力,不觉得疲惫,对于彼此充满探究的兴味,对于两个人共同去做的每件事充满期待。当我们与情人手牵住手,当我们紧紧靠在一起,我们的心跳与呼吸平稳,生命仿佛永不止息。

  当我们的脸庞相触,嗅闻着彼此的气息,深深呼吸;当我们亲吻彼此,心跳加剧,世界光亮地开启。

  哪怕不是爱情,只是爱我们的父母亲或孩子,爱我们的朋友或身边的人,只要付出爱,就能让我们的生命处于饱满状态。这也就说明了女人为什么普遍比男人长寿,女人自小就受着"付出爱"的训练,小女孩要照顾弟弟妹妹,就算没有弟弟妹妹也会有宠物或洋娃娃,她们的耐心与关怀不断被开发,被培养滋生。

  女人只有在被男人追求的那段日子里,是以逸待劳的,当感情大势底定之后,女人就成为付出爱的一方,她们细心地体察男人的需要,她们给予温柔的抚慰和热情的拥抱。等到结婚之后,成为一个妻子和母亲,女人更是大量地付出爱,尤其是从怀抱新生儿的那一刻开始,就注定了母亲成为孩子情感和需要的供给者。

  "女人一直在照顾别人,为别人付出,是不是很不公平啊?"曾经,在课堂上,有个女学生这样问我。懂得爱,付出爱,是

女人的天赋,也是不断被开发的结果。当人在为爱付出的时候,别人看来或许觉得辛苦,我们自己却是乐在其中的。有爱的人,付出爱的人,其实生活得比较快乐,而且还能活得比较久,就算是过世了,依然会活在被他爱过的人们心中。

拥有爱和付出爱,看起来完全有利无害,只要在这过程中是快乐的,不妨多多益善。

不可原谅的外遇

我在演讲时遇见一个女人,她拿了我二十年前出的书给我签名。等我签完名之后,她意味深长地问我:"你还相信这些爱情故事吗?"一时之间,我不知该如何回答,我一向相信爱情,只是我不相信爱情可以长久保持,除非是两个人的生命能量同等充沛,价值观相当接近,又没遇见强烈吸引力的外在诱惑。

"曾经,我非常相信爱情,为了爱,我原谅了他的一切,包括外遇。讽刺的是,他却不能原谅我的外遇。"

这个叫做佳佳的女人,很年轻就遇见了生命中最重要的男人,他们在国外留学时遇见的,因为家长的反对,经历了一番痛苦挣扎,连私奔这样的事都想过了。结婚之后,男人很想努力表现,瞒着佳佳四处借贷,连房子都抵押了,却落得一败涂地。佳佳选择原谅,无怨无悔背起债务,十年之间,夫妻同心,胼手胝足,不仅还清债务,还有了自己的事业。

男人赚了钱,诱惑变多了,外遇劈腿的传言或多或少传到佳佳耳中，佳佳选择相信他，直到外遇的女人打电话跟佳佳摊牌。佳佳受到很大打击，坚持离婚。男人苦苦哀求，先分开一阵子，不要立刻离婚，因为他最爱的是佳佳，无法与她分开。佳佳在伤痛消沉中，和一个认识好些年的厂商发生了一夜情，事后，她发觉对男人的外遇不那么介意了。

当他们复合，度过一段甜蜜生活，佳佳认为应该对男人坦诚，她说出了一夜情的事。没想到男人非常崩溃，完全无法原谅，他的说辞是："男人是被诱惑的，女人却是主动的。"因此，不可原谅。

我看着佳佳哀伤的眼睛，依然说不出话来。原来，外遇还分为"被诱惑"和"主动的"两款，被诱惑的男人是可以原谅的；主动的女人则不可饶恕。连在外遇这件事上，男女依然不平等。

好笑于是可爱

"到底你为什么这么爱他呢?"在恋人离开之后,伤心欲绝的那个人,常被人这样问,一时之间却也不知道该怎么回答。就像是李宗盛那首歌:"有人问我你究竟是哪里好?这么多年我还忘不了。春风再美也比不上你的笑,没见过你的人不会明了。"执迷地爱着一个人,情丝怎么也斩不了,宛如这首歌的歌名《鬼迷心窍》,一切都是没有道理可循的。

而我偏偏就觉得,其间肯定有一些逻辑和规则,某一种类型或性格的人,仿佛磁石,吸力特强,爱恋之后便终身难忘,甚至会有曾经沧海难为水的深刻感受。

风靡香港的爱情小品《春娇与志明》,集中了爱情的许多状态:姊弟恋、爱人与被爱、旧爱和新欢、劈腿与谎言等等,而我觉得最特别的是,春娇与志明在香港分手之后,分别赴北京工作,并且重逢。

志明已经有了一位柔情似水的空姐女友尚优优,而春娇也很快结识了年长体贴的中年男,看起来都应该展开各自的新生活了,却旧情复燃,一发不可收拾。背着现任情人与前任情人偷欢,日日编织新谎言来掩盖,最终还是决定听从内心的欲望,与自己最爱的人在一起。

　　志明对优优说:"喜欢一个人就是喜欢,觉得她什么都好。"春娇对中年男说:"你说你喜欢我,是因为我总有些奇奇怪怪的想法,但这些都是他传染给我的,他就是这样的一个人。"优优对待志明柔情似水;中年男愿为春娇做一切她不愿意做的事,却敌不过春娇和志明在一起的时候,共同制造的那些欢乐。

　　志明从不曾为春娇做过什么事,但是他那些好笑的言词与举动,却让春娇开心,而后感染她,让她也变成这样的人。

　　在恋人的种种可爱里,古灵精怪的幽默感,原来也是其中重要的一个潜规则。

打开你的糖罐子：

哪怕不是爱情，只要付出爱，就能让我们的生命处于饱满状态。

著作权合同登记号　　图字：01-2013-3976

本书由皇冠文化集团授权，仅限于中国大陆地区发行。

图书在版编目（CIP）数据

戒不了甜/张曼娟著.—北京：北京十月文艺出版社，2014.1

ISBN 978-7-5302-1366-7

Ⅰ.①戒… Ⅱ.①张… Ⅲ.①散文集—中国—当代 Ⅳ.①I267

中国版本图书馆CIP数据核字（2013）第287163号

戒不了甜

JIE BU LIAO TIAN

张曼娟 著

*

北京出版集团公司
北京十月文艺出版社　出版

（北京北三环中路6号）
邮政编码：100120

网　　址：www.bph.com.cn
新经典文化有限公司发行
新　华　书　店　经　销
鸿博昊天科技有限公司印刷

*

880毫米×1230毫米　32开本　7印张　80千字
2014年1月第1版　2014年1月第1次印刷

ISBN 978-7-5302-1366-7
定价：30.00元
质量监督电话：010-58572393